꺼래이

지은이 백신애

소설가.
주로 민중과 여성의 현실을 사실적으로 그려냈다.
1929년 「나의 어머니」로 등단하였다.
대표작으로는 「꺼래이」, 「채색교」, 「악부자」 등이 있다.

현대문학 짧은 이야기 9
꺼래이

초판 1쇄 발행 2025년 12월 30일

지은이 백신애
펴낸이 백광석
펴낸곳 다온길

출판등록 2018년 10월 23일 제2018-000064호
전자우편 baik73@gmail.com

ISBN 979-11-6508-658-9 (03810)

이 책은 저작권법에 따라 보호받는 저작물이므로 무단 전재와 무단 복제를 금지하며,
이 책 내용의 전부 또는 일부를 이용하려면 반드시 저작권자와 다온길의 서면동의를
받아야 합니다.

잘못 만들어진 책은 구입한 곳에서 교환해 드립니다.
책값은 뒤표지에 있습니다.

현대문학 짧은 이야기 9
꺼래이

백신애 지음

서문

백신애의 소설이다.

짧은 이야기들을 모아 한 권으로 엮게 되었다.

백신애는 한국의 근대 소설가로, 가난 속에서 살아가는 서민과 여성의 현실을 사실적이고 섬세한 시선으로 그려낸 작가로 알려져 있다. 그녀는 일제강점기의 불평등과 빈곤 속에서도 인간이 지닌 연민과 고단한 삶을 조용하게 포착했으며, 인물들의 감정과 일상을 담백하게 풀어내었다. 그녀의 작품들은 거창한 사건보다 일상의 아픔을 있는 그대로 드러내며 인간이 지닌 따뜻함과 삶의 무게를 함께 보여준다.

대표작 「꺼래이」는 생계를 위해 하루하루를 버텨야 하는 한 여인의 현실을 사실적으로 그려냈고, 「적빈」은 가난에 짓눌린 가족의 갈등과 절망을 생생하게 드러낸다. 또한 「금계납」은 여성의 삶을 둘러싼 시대적 어려움과 감정의 깊이를 섬세하게 담아낸 작품이다.

　백신애의 문학은 한국 근대문학사에서 '사실주의 리얼리즘'의 중요한 지점을 보여주며 절제된 문체와 현실 인식으로 사회적 약자의 삶을 따뜻하게 조명했다. 그녀의 작품은 오늘날에도 조용하지만 깊은 울림을 남기며 한국 문학의 소중한 유산으로 이어지고 있다.

　개화기를 분수령으로 고전문학과 현대문학으로 나누어진다.

　현대 문학은 개인에 대한 집중, 마음의 내적 작용에 대한 관심, 전통적인 문학적 형태와 구조에 대해 거부하며 작가들은 정체성, 소외, 인간의 조건과 같은 복잡한 주제와 아이디어를 탐구하는 게 특징이다.

　'역사를 잊은 민족에게는 미래는 없다'는 말이 있듯, 과거의 현대문학을 보면 오늘을 살아가는 우리의 모습이 투영된다.

차례

	서문	4
|1장|	꺼래이	7
|2장|	적빈	43
|3장|	빈곤	67
|4장|	멀리 간 동무	87
|5장|	나의 어머니	99
|6장|	소독부	117
|7장|	금계납	143
|8장|	일여인	153
|9장|	푸른 하늘	175
|10장|	낙오	201

1장
꺼래이

끌려 갔습니다. 순이(順伊)들은 끌려갔습니다. 마치 병든 버러지 떼와도 같이……. 굵은 주먹만큼한 돌맹이를 꼭꼭 짜박은 울퉁불퉁하고도 딱딱한 돌길 위로……. 오랜 감금(監禁)의 생활에 울고 있느라고 세월이 얼마나 갔는지는 몰랐으나 여러 가지를 미루어 생각하건대 아마도 동짓달 그믐께나 되는가 합니다.

고국을 떠날 때는 첫가을이어서 세누겹 저고리에 엷은 속옷을 입고 왔었으므로 아직까지 그때 그 모양대로이니 나날이 깊어가는 시베리아의 냉혹한 바람에 몸뚱아리는 얼어터진지가 오래였습니다.

순이의 늙으신 할아버지, 순이의 어머니, 그리고 순이와 그 외 조선 청년두 사람, 중국 쿨리(勞動者) 한 사람, 도합 여섯 사람이 끌려가는 일행이었습니다.

'빤즉삿게'를 쓰고 길다란 '만도'를 이은 군인 두 사람이 총 끝에다 날카로운 창을 끼어들고 앞뒤로 서서 뚜벅뚜벅 순이들을 몰아갔습니다.

  몸뚱아리들은 군데군데 얼어 터져 물이 흐르는데 이따금 뿌리는 눈보라조차 사정없이 휘갈겨 몰려가는 신세를 더욱 애끓게 하였습니다. 칼날같이 산뜻하고 고추같이 매운 묵직한 무게를 가진 바람질이 엷은 옷을 뚫고 마음대로 온몸을 어여내었습니다. 모 - 든 감각을 잃어버린 '로보트'같이 어디를 향하여 가는 길인지 죽음의 길인지, 삶의 길인지 아무것도 모르고 얼어붙은 혼(魂)만이 가물가물 눈을 뜨고 없어지며 자빠지며 총대에 찔려가며 절름절름 걸어갔습니다.

  "슈다!" 하면 이편 길로

  "뚜다!" 하면 저편 길로 군인의 총 끝을 따라 희미한 삶을 안고 자꾸 걸었습니다.

  길가에 오고가는 사람들은 발길을 멈추고 바라보며 어린아이는 어머니 팔에 매달리며 손가락질 했습니다.

  그러나 순이들은 부끄러운 줄 몰랐습니다.

  "나도 고국 있을 그 어느 때 순사에게 묶여가는 죄인을 바라보고 무섭고 가엾어서 저렇게 서 있었더니……."

하는 생각이 어렴풋이 나기는 했습니다마는 얼굴을 가리며 모양없이 웅크린 팔짐을 펴고 걷기에는 너무나 꽁꽁 언 몸뚱이였으며 너무나 억울한 그때였습니다. 그저 순이들은 바람맞이에서 까물거리는 등불을 두 손으로 보호하듯 냉각해진 몸뚱아리 속에서 까물거리는 한 개의 '삶'이란 그것만을 단단히 안고 무인광야를 가듯 웅크려질대로 웅크리고 눈물 콧물 흘려가며 쩔름쩔름 걸어갔습니다.

걷고 걷고 또 걸어 얼마나 걸었는지 순이의 일행은 거리를 떠나 파도치듯 바닷가에 닿았습니다.

어떻게 된 셈판인지 순이의 일행은 커다란 기선 위에 기어 올라 갔습니다.

어느 사이에 기선은 육지를 떠나 만경창파 위에 술렁거리기 시작했습니다.

"아이구 아빠! 우리 아빠!"

"순이 아버지, 아이고 아이고, 순이 아버지."

"순이 애비 어디 있니? 순이 애비……."

순이는 할아버지와 어머니와 서로 목을 얼싸안고 일제히 소리쳐 울었습니다.

가슴이 찢어지고 두 귀가 꽉 멀어지며 자꾸자꾸 소리쳐 불렀습니다.

"여봅쇼, 울지들 마오. 얼어 죽는 판에 눈물은 왜 흘려요."

젊은 사나이 두 사람은 순이들의 울음을 막으려고 애썼으나 울음소리조차 내지 못하는 순이의 할아버지는 그대로 털썩 갑판 위에 주저 앉아 작대기든 손으로 쾅쾅 갑판을 두들기며 곤두박질하였습니다.

"여보시오, 우리 아버지가 저기서 죽었어요."

순이도 발을 구르며 소리쳤습니다.

"죽은 아들의 뼈를 찾으러 온 우리를 무슨 죄로 이 모양이란 말이오."

할아버지는 자기의 하나 아들이 죽어 백골이 되어 누워 있다는 ××× 란곳을 바라보며 곤두박질을 그칠 줄 몰라 했습니다.

그러나 기선은 사정없이 육지와 멀어지며 차차 만경창파 위에서 울렁거리기 시작했습니다. 그때 한 떼의 물결이 '철썩'하며 갑판 위에 내려 덮이며 기선은 나무 잎사귀처럼 흔들리기 시작했습니다. 그 순간 일행은 생명의 최후를 느끼며 일제히 바람 의지가 될 만한 곳으로 달려가 한 뭉치가 되었습니다.

그때 중국 쿨리는 메고 왔던 짐을 끌르고 이불 한 개를 꺼내어 둘러 쓰려하였습니다.

이것을 본 젊은 사나이 한 사람이 날랜 곰같이 달려들어 그 이불을 뺏어 순이의 할아버지를 둘러 주려고 했습니다.

중국 쿨리는 멍하니 잠깐 섰더니 갑자기 얼굴에 꿈틀꿈틀 경련을 일으키며 누런 이빨을 내어놓고 벙어리 울음같이 시작도 끝도 분별없는 소리로

"으어……"

하고 울었습니다. 그 눈에서 떨어지는 굵다란 눈물방울인지 내려 덮치는 물결 방울인지 바람결에 물방울 한 개가 순이의 뺨을 때려 붙였습니다.

순이는 한 손으로 물방울을 씻으며 한 손으로 이불자락을 당겨 쿨리도 덮으라고 했습니다.

"아이고 우리를 데리고 온 군인들은 어디로 갔을까."

누구인지 이렇게 말하였으므로 일행은 고개를 들어 살펴보니 과연 군인 두 사람의 흔적이 없었습니다.

"모두들 추우니까 선실 안으로 들어간 게로군. 빌어먹을 자식들."

하고 젊은 사나이는 혀를 찼습니다. 그 말을 듣자 순이는 벌떡 일어나,

"우리도 이러다가는 정말 죽을 테니 선실 안으로 들어갑시다."

하고 외쳤습니다.

"안됩니다. 들어오라고도 않는데 공연히 들어갔다, 봉변당하면 어찌 하게."

하고 젊은 사나이는 손을 흔들며 반대했습니다.

"봉변은 무슨 오라질 봉변이에요. 이러다가 죽느니보다 낫겠지요. 점잖과 체면을 차릴 때입니까?"

순이는 발악을 하며 외쳤습니다.

"쿨니에게 이불 빼앗을 때는 예사이고 선실 안에 들어가는 것은 부끄럽단 말이오? 나는 죽음을 바라 그대로 있기는 싫어요. 봉변을 주면 힘자라는 데까지 싸워보지요."

순이는 그대로 있자는 젊은이들이 얄밉고 성이 났습니다. 자기들의 무력함을 한탄만 하고 앉았는 무리들이 안타까웠던 것입니다.

순이는 기어이 혼자 선실을 향하여 달려갔습니다. 기선은 연해 출렁거리며 이따금 흰 물결이 절썩 내려 넢

치곤 하였습니다. 일행의 옷은 물결에 젖고 젖은 옷깃은 얼음이 되어 꼿꼿하게 나뭇가지처럼 되었습니다.

선실로 내려가는 층층대를 순이는 굴러 떨어지는 공과 같이 내려갔습니다.

선실 안에는 훈훈한 공기가 꽉 차 있어 순이는 얼른 정신을 차릴 수가 없었습니다. 잠깐 두리번두리번 살펴보다가 한 옆에 걸터앉아 있는 군인 두 사람을 찾아내었습니다. 순이는 번개같이 달려가 군인의 어깨를 잡아 젖히며

"우리는 죽으란 말이오?"

하고 분노에 떨리는 소리로 물었습니다.

군인은 놀란 듯이 잠깐 바라본 후 웃는 얼굴을 지으며 제 나라 말로

"모두 이리 내려오너라."

라고 말했습니다.

순이는 선실 안의 사람들이 웃는 소리를 귀 밖으로 들으며 다시 갑판 위로 올라갔습니다.

풍랑은 사나울 대로 사나와 잠시라도 훈훈한 공기를 쏘인 순이의 창자를 휘둘러 몸에 중심을 잡고 한 발자국도 내어 디디지 못하게 하였습니다. 그러나 순이는 일행이 있는 곳을 바라보았습니다.

이제는 아주 얼음덩이가 된 이불자락에다 머리를 감추고 모두 죽었는지 살았는지 움직이지도 않고 있는 것이 보였습니다.

순이는

"모두 이리 오시오."

하고 소리쳤습니다마는 풍랑 소리에 그의 음성은 안타깝게도 짓밟히고 말았습니다.

순이는 더 소리칠 용기가 없어 일행을 향하여 한 자국 내어놓자, 사나운 바람결이 몹쓸 장난같이 보드라운 순이의 몸뚱이를 갑판 위에 때려누이고 말았습니다. 다시 일어나려고 발악을 하는 그의 귀에 중국 쿨리의 울음소리가 야공성같이 울려왔습니다.

이윽한 후 군인 한 사람이 갑판 위로 올라와 본 후 순이를 일으키고 여러 사람도 데리고 선실로 내려왔습니다.

선실 안에 앉았던 사람들은 일행의 모양을 바라보며 모두 찌글찌글 웃었습니다.

병든 문둥 환자의 모양이 그만큼 흉할는지, 얼고 얼어 푸르고 붉은 데다 검게 탄 얼굴로 콧물을 흘리며 엉금엉금 층층대를 내려서는 여섯 사람의 모양을 보고 우습지 않을 리 누가 있겠습니까.

일행의 몸이 녹기 시작하자 시간은 얼마나 지났는지 기선은 어느 조그만 항구에 닿았습니다.

쌓아둔 짐뭉치에 기대 누운 순이의 할아버지는 뼈 끝까지 추위가 사무쳤음인지 한결같이 떨며 끙끙 앓기만 하고 순이의 어머니는 수건을 폭 내려 쓰고 팔짱을 낀 채 역시 웅크리고 앉아 있었습니다.

"여기서 내리는 모양이 구료,"

젊은 사나이가 순이의 곁에 오며 말했습니다. 순이는 곳에서 또 다시 내릴 생각을 하니 다시 그 차가운 바람결이 연상되어 금방 기절할 것 같이 소름이 끼쳤습니다. 그러는 중에 군인이 일어서 순이의 할아버지를 총대로 툭툭 치며 무엇이라고 말했습니다.

"안돼요, 여기서 내릴 수 없오. 이 추운데 노인을 어떻게……"

순이는 군인의 총대를 밀치며 말했습니다. 군인은 신들신들 웃으며 어서 일어나라는 듯이 발을 굴렀습니다.

"아무래도 죽을 판이면 우리는 또 추운데로 나갈 수 없오."

할아버지를 가리워 앉으며 손을 내저었습니다. 군인은 한 번 어깨를 움쭉 해보이며 무엇이라 한참 지껄대니까 선실 안에 가득한 그 나라 사람들은 순이를 바라보며 혹은 웃고 혹은 가엾다는 듯이 머리를 흔들고, 서로 고개를 끄덕이며 중얼중얼 했습니다. 순이는 그들의 중얼거리는 말소리에서

"꺼래이…… 꺼래이……"

하는 가장 귀 익은 단어가 화살같이 두 귀에 꽂히는 것을 느꼈습니다. '꺼래이'라는 것은 고려(高麗)라는 말이니 즉 조선 사람을 가리키는 것이었습니다.

'꺼래이'라는 그 귀익고 그리운 소리가 그때의 순이들에게는 끝없는 분노를 자아내는 말 같았습니다.

"우리가 지금 웃음거리가 되어 있는 것이로구나. 추움에 못 이겨, 또 아무 죄도 없이 죽음의 길인지 삶의 길인지도 모르고 무슨 까닭에 꾸벅꾸벅 그들의 명령대로만 따르겠느냐"

라고 순이는 부르짖었습니다. 그러나 사람들과 군인들은 순이를 무지 몰식한 야만인, 그리고 무력하고도 불쌍한 인간들의 표본으로만 보았음인지 웃고 떠들고 '꺼래이……'만을 연발하는 것이었습니다. 그때까지 웃으며 무엇이라 중얼거리기만 하던 군인 한 사람이 갑자기 정색을 지으며 총대로 순이의 옆구리를 꾹 찌르고 한 손으

로 기다랗게 땋아 내린 머리채를 거머 잡고

"쓰까래……"

라고 소리쳤습니다. 이것을 본 순이 어머니는 벌떡 군인의 턱 볕에 솟아 일어서며 지금까지 눌러 두었던 분통이 툭 퉁기듯이 군인의 멱살을 잡으려 했습니다.

"여보십시오. 공연히 그러지 마시오. 당신이 여기서 발악을 하면 공연히 우리까지 봉변을 하게 됩니다."

하고 젊은 사나이는 순이의 어머니를 말렸습니다. 군인들이 그 당장에 자기들의 취한 태도를 얼른 생각해 내지 못하여 눈만 커다랗게 뜨고 있는 것을 보자 순이는 히스테리 같은 웃음으로 꽉 입안을 깨물며 눈물이 글썽 글썽하였습니다.

"할아버지 일어나세요, 아버지의 뼈를 찾지는 못했으나 아버지의 영혼은 고국으로 가셨을 것입니다. 공연히 남의 땅 사람과 발악을 하면 무엇 합니까……"

순이도 울고 할아버지, 어머니 모두 주루룩 눈물을 흘리며 그 조그마한 항구에 내렸습니다.

일행 여섯 사람은 또 다시 군인을 따라 이윽히 걸어가다가 붉은기를 꽂은 xxx에 이르렀습니다. 그곳에 이르니 군인 복색한 중국인 같은 사람이 우리를 맞았습니다.

같이 온 군인은 그곳 군인에게 일행을 맡기고 따뜻해 보이는 벽돌집 안으로 들어갔습니다.

순이들은 이제까지 언어를 통하지 못하여 안타깝던 설운 생각에 일시에 폭발 되어 그 중국 사람 같은 군인의 곁에 따라갔습니다.

"여보십시오!"

순이는 그 군인이 행여나 조선 사람이었으면… 하는 기대에 숨이 막힐듯이 군인의 입술을 바라다보았습니다.

"왜 이러심둥?"

의외에도 그 군인은 조선 사람, 즉 꺼래이의 한 사람이었습니다. 일행중 중국 쿨니를 빼고는 모두 너무나 반갑고 기뻐서

"아이 그 당신 조선 사람이셔요?"

"내! 나 고려 사람입꼬마."

그 군인은 이렇게 대답하며 순이를 바라보았습니다. 순이는 무슨 말을 먼저 해야 좋을지 몰랐으므로 잠깐 묵묵히 조선말 소리의 반가움을 어찌할 줄 몰라 했습니다.

"저 젊은이 당신 남편이오?"

하고 군인은 아무 감동도 없는 무뚝뚝한 표정으로 순이에게 젊은 사나이 뭍을 가리켰습니다. 그제야 순이

는 오랫동안 잊어버렸던 처녀다운 감정을 느끼며 얼어붙은 얼굴에 잠깐 부끄러운 표정을 지었습니다.

"아니올시다. 이 애는 우리 딸이야요. 이 늙은이는 우리 시 아버님이랍니다. 저 젊은이들과 중국 사람은 ×××에서 동행이 된 사람인데 알지도 못 하는 사람입니다."

순이의 어머니는 지금까지 같이 온 젊은이들보다 자기들 세 사람을 어떻게 구원해 달라는 듯이 이렇게 말했습니다.

"여기가 어데야요?"

순이만 자꾸 바라보는 군인에게 순이는 머뭇거리며 물었습니다.

"영긔 말임둥? 영긔는 ××××××라 합늬!"

"여보시오!"

곁에서 젊은 사나이가 가로질러 말을 건네었습니다.

"우리 두 사람은 해삼 위에 있는……"

하고 말을 꺼내었으나 그 군인은 들은 체 아니하고

"어서 들어갑소. 영긔 서서 말하는 것이 안임늬."

하며 일행을 몰아 마주 보이는 허물어져가는 흰 벽돌집을 가리켰습니다.

"여보십시오. 우리를 또 감금하단 말이요? 우리 두

사람 콤뮤니스트입니다. 우리는 감금 받을 이유가 없습니다."

라고 두 젊은이는 버티었으나 군인은 들은 체도 하지 않고 앞서 걸었습니다.

"여보시오. 나으리 우리 세 사람은 참 억울합니다. 나의 남편이 3년 전 에이 땅에 앉아 농사터를 얻어 살았는데 지난봄에 병으로 죽었구료. 우리 세 사람은 고국서 이 소식을 듣고 셋이 목숨이 끊어질지라도 남편의 해골을 찾아가려고 왔는데 xxx에서 그만 붙잡혀 한 마디 사정 이야기도 하지 못 한 채 몇 달을 갇혀 있다가 또 이렇게 여기까지 끌려왔습니다. 어떻게든지 놓아 주시면 남편의 해골이나 찾아서 곧 고국으로 돌아가겠습니다."

라고 순이 어머니는 군인에게 애걸을 하듯 빌었습니다.

"여보시오 나으리. 이 늙은 몸이 죽기 전에 아들의 백골이나마 찾아다 우리 땅에 묻게 해 주시오. 단지 하나뿐인 아들이요. 또 뒤 이을 자식이라고는 이 딸년 하나뿐이니 이 일을 어찌하오."

순이의 할아버지도 숨이 막히며 애걸하였습니다.

"당신 아들이 여기 왔심둥?"

군인은 울며 떠는 노인을 차가 밀치지 못하여 발길

을 멈추고 물었습니다.

"네...... 후...... 우리도 본래는 남부럽지 않게 살았습니다. 네...... 그런데 잘못되어 있던 토지는 다 남의 손에 가버리고 먹고 살 길은 없고 하여 3년 전에 내 아들이 이 나라에서 돈 없는 사람에게도 토지를 꼭 나누어 준다는 말을 듣고 저 혼자 먼저 왔습지요. 우리 세 식구는 오늘이나 내일이나 하고 우리를 불러들이기만 바랐더니 지난 봄에 갑자기 죽었다는 소식이 오니......"

노인은 더 말을 계속할 수 없어 그대로 목이 메이고 말았습니다.

군인은 체면으로 고개만 끄덕이더니

"영기서 말하면 안되옵니...... 어서 들어갑소. 들어가서 말 듣겠으니......"

하고 다시 뚜벅뚜벅 걸어 흰 벽돌집 안에 들어갔습니다.

조금 들어가니 나무로 만든 두터운 문이 있는데 그 문은 참새들의 똥이 말라 붙어 있어 먼지와 말똥 집수세 등이 지저분하게 깔려 있어 아무리 보아도 마굿간이었습니다.

집 외양은 흰벽돌이나 그 집의 말 못할 속치장에 다

시 놀라지 않을 수 없습니다.

'덜커덕' 그 나무문이 열리자 그 안을 한번 들여다 본 일행은 하마터면 뒤로 넘어질 뻔 했습니다. 그 문 안은 넓이 7, 8평은 되어 보이는데, 놀라지 마십시오. 그 안에는 하얀 옷 입은 우리 꺼래이들이 '방이 터져라'고 차있었습니다.

"아이그머니! 조선 사람들……"

순이의 세 식구는 자빠지듯 방 안으로 뛰어 들어갔습니다.

"동무들, 방은 이것 하나 뿐입꼬마. 비좁드라도 들어가 참소."

맨 나중까지 들어가지 않고 버티고 서 있는 젊은 사나이 한 사람의 등을 밀어 넣고 덜커덕 문을 잠그고 군인은 뚜벅뚜벅 가 버렸습니다.

순이들은 잠깐 정신을 차려 방안을 살펴보니 전날에는 부엌으로 쓰던 곳인지 한쪽 벽에 잇대어 솥 걸던 부뚜막 자리가 있고, 그 곁에 블리키 물통이 놓여 있으며 좁다란 송판을 엉금엉금 걸쳐 공중(公衆) 침대를 만들어 두었습니다. 그 공중 침대 위에는 빽빽하게 백의 동포가 빨래상자의 상자 속같이 옹기종기 올라 앉아 있었습니다.

좌우간 앉아나 보려 했으나 대소변이 질벅하여 발 붙일 곳도 없었습니다.

문이라고는 들어온 나무 문과, 그 문과 마주보는 편에 커다란 쇠창살을 박은 겹유리문이 하나 있을 뿐이었습니다. 그 쇠창살도 부러지고 구부러지고 하여 더욱 그 방의 살풍경을 나타냈습니다.

"어찌겠오 앙? 여기 좀 앉소. 우리도 다 이럴 줄 모르고 왔었꽁이."

함경도 사투리로 두 눈에 눈물을 흠뻑 모으며 목 메인 소리로 겨우 자리를 비집어 내며 한 노파가 말했습니다. 가뜩이나 기름을 짜는 판에 새로운 일행이 덧붙이기를 해 놓았으니 먼저 온 그들에게는 그리 반가울 것이 없으련마는 그래도 그들은 방이야 터져 나가든 말든 정답게 맞아주며 갖은 이야기를 다 묻고 또 자기네들 신세타령도 하였습니다. 그래서 어떻게 빈줄러 내었는지 순이의 세 식구와 젊은 사나이 둘은 올라앉게 되었는데, 이불을 멘 중국 쿨니는 끝까지 자리를 얻지 못하고, 아니 자리를 빈줄러 낼 때마다 뒤에 선 젊은 사나이들에게 양보하고 맨 나중까지 우두커니 서서 자기 자리도 내어 주기를 기다리고 있었습니다.

순이들은 그래도 동포들의 몸과 몸에서 새어 나오는 훈기에 자이 녹기 시작 하자 노근노근하니 정신이 황홀해지며 따뜻한 그리운 고향에나 돌아온 것같이 힘이 났습니다.

"저…… 눔은 앉을 자리가 없나? 왜 저렇게 말뚝 모양으로 서 있기 만해……"

하며 고개를 드는 노파의 말소리에 순이는 놀란 듯이 돌아보았습니다. 그때까지 쿨니는 이불을 멘 채 서 있었습니다. 순이는 갑판 위에서 이불을 나눠 덮던 그때의 쿨니의 울며 순종하던 얼굴을 생각해 보았습니다. 능히 자기가 앉을 수 있었던 자리를 조선 청년에게 양보해 준 그의 마음속이 가여웠습니다.

쿨니가 자리를 물려 준 그 마음은 도덕적 예의에 따른 것이 아님은 뻔히 아는 일이었습니다. 그 자리에 자기와 같은 중국 사람이 하나라도 끼어 있었으면 그는 그렇게 서 있지는 않았을 것입니다.

그때의 쿨니의 심정은 꺼래이로 태어난 이들에게는, 아니 더구나 보드라운 감정을 가진 처녀인 순이는 남 몇 배 잘 살펴볼 수 있었습니다.

순이는 가슴이 찌르르해지며 벌떡 일어나 그 나무 문을 두들기기 시작 했습니다.

이윽히 두들겨도 아무 반응이 없으므로 그는 얼어 터진 손으로는 더 두들 길수가 없어 한편 신짝을 집어 힘껏 문을 두들겼습니다.

"왜 두들기오. 안 옵누마."

하며 방 안의 사람들은 자꾸 말렸습니다.

그러나 순이는 자꾸만 두들겼더니 갑자기 문이 덜커덕 열렸습니다. 순이는 더 두들기려고 올려 메었던 신짝을 그대로 발에 꿰어 신으며 바라보니 아까 그 조선 사람 군인이 서 있었습니다.

"어째 불렀음둥?"

하며 통명스럽게, 그러나 두들긴 사람이 순이였음에 얼마만큼은 부드러워지며 물었습니다.

"이것 보시오, 이렇게 좁은 자리에 어떻게 이 많은 사람이 앉을 수 있어요? 아무리 앉아 봐두 앉을 수가 없습니다. 다른 방으로 나누어 주든지 어떻게 해 주세요."

하고 얼굴이 붉어지며 서 있는 쿨니를 가리켰습니다. 군인은 고국 말씨를 잘 못 알아듣겠다는 듯이 자세히 귀를 기울이고 있더니

"동무, 말소리 잘 모르겠었꼬마, 무시기 말임둥, 앉을 재리가 배잡단 말입꼬이?"

하고 말했습니다. 순이는 기가 막혔습니다.

"참 어이없는 조선 동포시구려!"

김 빠진 비어같이 순이는 입안이 밋밋하여졌습니다. 그때 노파의 손자인 듯한 소년 하나가 하하 웃으며 뛰어나와

"예! 예! 그렇섯꼬이."

하며 순이를 대신하여 군인에게 대답하였습니다. 군인은 고개를 끄덕 끄덕하며 두 손을 펴고 어깨를 움쭉해 보이며

"할 쉬 없었꼬마, 방이 잉것뿐입꼬마."

하고는 문을 닫아 버리려 했습니다. 순이는 와락 군인의 팔을 잡으며

"한 시간 두 시간이 아니고 오늘밤을 이대로 둔다면 어떻게 하란 말이에요. 상관에게 말해서 좀 구처해 주시오."

하고 말했습니다. 군인은 휙 돌아서며

"동무들 내가 뭐를 알 쉬 있음둥? 저 - 위에서 하는 명령대로 영기는 그대로만 합꼬마. 나는 모르겠꽁이."

하고는 덜컥 그 문을 잠그려 했으나 순이는 한결같

이 잠그려는 그 문을 떠밀며

"여보세요, 이대로는 안됩니다. 무슨 죄야요, 글쎄 무슨 죄들인가요. 왜 우리를, 죄 없는 우리를 이런 고생을 시킵니까. 다 같은 조선 사람인 당신이 모르겠다면 우리는 어떻게 하란 말이에요."

군인은 난감하다는 듯이 다시 고개를 문 안으로 들이밀며

"글쎄, 동무들이 무슨 죄 있어 이라는 줄 압꽁이? 다 같은 조선 사람이라도 저 우에 있는 사람들은 맘이 곱지 못하옵니…… 나도 동무들같이 욕 본때 있었꼬마. ××에 친한 동무 없음둥? 있거든 쇠줄글(電報)해서 ×××에게 청을 하면 되오리……"

하고 이제는 아주 잠가 버리려 했습니다.

"아, 보십시오. 그러면 미안합니다마는 전보 한 장 쳐 주시겠습니까?"

"무시기?"

군인은 젊은 사나이의 말을 알아듣지 못하고 재쳐 물었습니다.

"전보 말이오. 전보 한 장 쳐 달라 말이오."

하고 젊은 사나이가 대답하려는 것을 노파의 손자

인 소년이 또 하하 웃으며

"안 입 꼬마. 쇠줄글 말입니······."

하고 설명을 하였습니다.

"아아! 쇠줄글 말임둥, 내 놓아 드리겠꽁이."

하며 사나이들에게 연필과 종이쪽을 내주더니

"동무 둘은 잠깐 나오오."

하며 두 사나이를 문 밖으로 데리고 나가 버렸습니다. 순이는 어이없이 서있다가 문턱에 송판 한 조각이 놓인 것을 집어 들고 문 앞을 떠났습니다.

그 송판을 솥 걸었던 자리에 걸쳐 놓고 그 위에 올라앉으며 그때까지 그대로 서 있는 쿨니를 향 하여

"거기 앉아······."

하며 자기가 앉았던 자리를 가리켰습니다.

"아! 이 놈을 그리로 보냄세, 당신이 이리로 오소."

방 안 사람들은 모두 순이를 침대 위로 오라고 하였습니다. 쿨니는 그 눈치를 챘는지 순이의 자리에 앉으려던 궁둥이를 얼른 들며 손으로 순이를 내려오라고 하며 부뚜막 위로 올라 앉았습니다.

그의 눈에는 눈물이 핑 돌며

"스파시이보 제브슈까."

하였습니다. '아가씨 고맙습니다'라는 뜻인가 보다고 생각하며 침대 위로 올라 앉았습니다. 쿨니는 짐뭉치 속에서 어느 때부터 감추어 두었던지 새까맣게 된 빵뭉치를 끄집어 내어 한 귀퉁이 뚝 떼더니 순이 앞에 쑥 내밀었습니다. 쿨니의 얼굴은 눈물과 땟물이 질질 흐르고 손은 새까맣게 때가 눌러 붙어 기다란 손톱 밑에는 먼지가 꼭꼭 차 있었습니다.

"꾸—쉬, 꾸—쉬,"

한 손에 든 빵쪽을 뭉턱뭉턱 베어 먹으며 자꾸 순이에게 먹으라고 했습니다. 순이의 눈에 눈물이 고이며 그 빵쪽을 받아 들었습니다.

"고맙소……"

하고 머리를 끄덕여 보이며 급히 한 입 물어뜯으려 했으나 이미 하루 반 동안을 물 한 모금 먹지 않은 할아버지, 어머니가 곁에 있었습니다. 순이는 입으로 가져가던 손을 얼른 머무르며 할아버지에게

"시장하신 데 이것이라두……"

하며 권했습니다.

"이리 다고 보자."

어머니는 그제야 수건을 벗고 빵쪽을 받아 한복판

을 뚝 잘라

"이것은 네가 먹어라, 안 먹으면 안 된다."

하고는 또 한 쪽을 할아버지에게 드렸습니다.

할아버지는 남 보기에 목이 막힐까 염려가 될 만큼 인사 체면 없이 빵을 베어 먹었습니다.

"싫어, 난 먹지 않을 테야."

"왜 이래. 너 먹어라."

하고 우리 모녀는 한참 다투다가 결국 또 절반으로 떼어 한 토막씩 먹게 되었습니다마는 온 방 안 사람이 빵 먹는 사람들의 입을 물끄러미 바라보고 있는 것이었으므로 차마 먹을 수가 없었습니다.

부뚜막 위에서 내려다 보고 앉았던 쿨니는 자기가 먹던 빵을 또 절반 떼어

"순이 너 이것 더 먹어라."

라고나 하듯이 순이에게 주었습니다.

순이는 얼른 손이 나가다가 문득 생각났습니다. 자기들은 중국 사람들이라고 자리조차 내어주지 않던 것이.

그러나 이미 주린 순이는 두번째 빵쪽을 받아 쥐고 있었습니다.

방 안의 사람들은 모두 세 집 식구로 나뉘이 있는데

도합 열아홉이었습니다. 늙은이, 노파, 젊은 부부, 총각, 처녀들이었습니다. 그들이 우리 모녀를 붙들고 하는 이야기를 들으며 모두 함경도 사람이며, 고국에는 바늘 한 개 꽂을 만한 자기들 소유의 토지라고는 없는 신세라 공으로 넓은 땅을 떼어 농사하라고 준다는 그 나라로 찾아온 것이었는데, 국경을 넘어서자 xxx에게 붙들려 우리들처럼, 감금을 당했다가 이리로 끌려왔다는 것 이었습니다.

"이 땅에는 돈 없는 사람 살기 좋다고 해서 이렇게 남부여대로 와 놓고 보니 이 지경입꾸마. 굶으나 죽으나, 고국에 있었더면 이런 고생은 안할 것을……"

젊은 여인 하나가 이렇게 한탄했습니다.

"우리는 몇 번이나 재판을 했으니 또 한 번만 더하면 놓이게 되어 땅을 얻어 농사를 하게 되든지 다시 이대로 국경으로 쫓아내든지 한답대."

속옷을 풀어 젖히고 이를 잡기 시작한 노파가 말했습니다.

"우리가 무슨 죄일꼬……농사 짓는 땅을 공떼어 준다길래 왔지……"

늙은이 하나가 끙끙 앓으며 이를 갈 듯이 말하자

"참말 그저 땅을 떼어 준답두마, 우리는 바로 국경에서 붙들렸으니까 ×× 탐정꾼들인가 해서 이렇게 가두어 둔 거지!"

하고 늙은이의 아들인 성한 사나이가 말했습니다.

"아이구 말 맙소. 아무래도 우리 내지 땅이 좋습두마, 여기 오니 '얼마우자' 미워서 살겠습디?"

하고 사나이를 반박하였습니다.

'얼마우자'.

이것은 조선을 떠나온 지 몇 대(代)나 되는 이 나라에 귀화(歸化)한 사람들을 이르는 말이니 그들은 조선 사람이면서도 조선 말을 변변히 할 줄 모르는 것이었습니다. 분명한 '마우자'(露人[노인]을 이르는 말)도 되지 못한 '얼'인 '마우자'란 뜻이었습니다.

"못난 사람들 '얼간'이라는 말과 같구료."

하고 어머니가 오래간만에 웃었습니다.

"아까 그 군인도 역시 '얼마우자'로구먼."

하고 순이가 중얼거렸습니다.

이 말을 들은 노파의 손자는 또 깔깔 웃었습니다.

"아이구 어찌겠니야, 여기서 땅을 아니 떼어 주면 우리는 어찌겠니……"

노파는 웃을 때가 아니라는 듯이 걱정을 내놓았습니다.

"설마 죽겠소. 국경 밖에 쫓아내면 또 한 번 몰래 들어옵지요. 또 붙들어 쫓아내면 또 들어오고, 쫓아내면 또 들어오고 끝에 가면 뉘가 못 이기는 기강 해봅지요. 고향에 돌아간들 발붙일 곳이라고는 땅 한 쪼각 없지, 어떻게 살겠읍니……"

자기가 먼저 설두를 하여 데리고 온 듯한 사나이가 이렇게 말했습니다.

"아이고 듣기 싫소, 이 놈의 땅에 와서 이 고생이 뭐꼬……글쎄."

"아따 참, 몇 번 쫓겨가도 나종에는 이 땅에 와서 사오일 갈이(四五日耕)쯤 땅을 얻어 놓거든 봅소."

"아이구……어찌겠느냐……"

노파는 자꾸 저대로 신음만 하였습니다.

한시도 못 참을 것 같은 그 방 안의 생활도 벌써 일주일이 경과 되었습니다.

아침에는 일찍 일어나 일제히 밖으로 나가 세수를 시키고, 저녁에 한번씩 불리워 나가 대소변을 보게 하는 것이었습니다. 일정한 변소도 없이 광막 한 벌판에서 제 맘대로 대소변을 보게 하는 것이었습니다.

하루는 억지 대소변 시간에 순이는 대소변이 마렵지 않아 혼자 방 안에 남아 있다가 쓸쓸하여 밖으로 나갔습니다.

그 날 밤은 보름이었던지 퍽이나 크고도 둥근 달이었습니다. 시베리아다운 넓은 벌판 이곳저곳서 모두들 뒤를 보고 있고, 군인 한 사람이 총을 잡고 파수를 보고 있었습니다.

물끄러미 뒤보는 사람들을 바라보며 서 있는 순이에게 파수병이 수작을 붙였습니다.

"저 달님이 퍽이나 아름답지?"

라고나 하는지 정답게 제 나라 말로 내 곁에 다가섰습니다.

순이는 웬일인지 그 나라 군인들이 겁나지 않았습니다. 총만 가지지 않았으면 맘대로 친하여질 수 있는 정답고 어리석고 우둔스런 사람들 같게 느껴졌습니다.

"……"

순이도 언어가 통하지 않으므로 말을 할 수 없고 하여 달을 가리키고 뒤 보는 사람들을 가리킨 후 한번 웃어 보였습니다.

군인은 아주 정답게 나직이 웃고 입술을 닫은 채 팔을 들어 달을 가리키고 순이의 얼굴을 가리키고 난 후 싱긋 웃고 순이를 와락 껴안으려 했습니다. 순이는 깜짝 놀라 휙 돌라서 방 안을 향하여 달음질쳤습니다. 군인은 순이를 붙들려고 조금 따라오다가 마침 뒤를 다 본 사람이 서 있는 것을 보고 그대로 서 있었습니다.

그 이튿날이었습니다. 아침에 식료(食料)를 가지고 온 군인의 얼굴이 전날과 달랐으므로 순이는 자세히 바라보니 그는 훨씬 큰 키와 하얀 얼굴과 큼직한 귀염성 있는 눈을 가진 젊은 군인이었습니다.

"어제 저녁 파수 보던 그 군인……"

순이는 속으로 말해 보며 얼른 고개를 돌리려 했습니다. 군인은 싱긋 웃어 보이며 그대로 나갔습니다.

그 날 하루가 덧없이 지나간 후 또 대소변 보는 시간이 되었습니다. 공연히 순이는 가슴이 울렁거려 문을 꼭 닫고 방 안에 남아 있었습니다.

이윽고 뒤를 다 본 사람들이 돌아오자 문을 잠그러 온 군인은 역시 그 젊은 군인이었습니다. 순이는 가만히 구부러진 쇠창살을 휘어잡고 달 밝은 시베리아 벌판의 한 쪽을 내다보고 있었습니다.

"아이고 어찌겠느냐……"

노파는 밤이나 낮이나 이렇게 애호하며 끙끙 신음을 시작하였습니다. 언제나 밤이 되면 일층 더 심하게 안타까워하는 그들이었습니다.

젊은 내외는 트집거리고 여기 저기 신음소리에 순이의 가슴은 더욱 설레어 적막한 광야의 밤을 홀로 지키듯 잠 못 들어 했습니다.

그 이튿날 아침 일찍 웬일인지 군인 두 사람이 들어와서 먼저 있었던 여러 사람을 짐 하나 남기지 않고 죄다 데리고 나갔습니다.

"아이고 우리는 또 국경으로 쫓겨나는구마, 그렇지 않으면 왜 이렇게 일찍 불러내겠느냐."

노파는 벌써 동당발을 굴리며

"아이구 아이구 어찌겠느냐."

라고만 소리쳤습니다.

방 안에는 우리들 세 식구만 남아 있고 그 외는 다 불려 갔습니다. 갑자기 방 안이 텅 비어지니 쌀쌀한 바람결이 쇠창살을 흔들며 그 방을 얼음 무덤같이 적막하게 하였습니다.

세 식구는 창 앞에 가 모여 앉아 장자 자기틀 우에

내려질 운명을 예상하고 묵묵히 앉아 있었습니다.

그때 한 떼의 사람들이 일렬로 늘어서서 앞뒤로 말을 탄 군인을 세우고 건너편 벌판을 걸어가는 것이 보였습니다.

"어찌겠느냐, 어디를 가누마……"

노파의 귀 익은 애호성이 화살같이 날아와 우리의 세 식구가 내다보는 창을 두들겼습니다.

"이리에게 잡혀가는 목장 잃은 양 떼와도 같이 헤매어 넘어온 국경의 험악한 길을 다시금 쫓겨 넘는 가엾은 흰 옷의 꺼래이 떼……"

눈물이 자르륵 흘러 내리는 순이의 눈에 꼬챙이로 벽에 이렇게 새겨져 있는 것이 보였습니다.

"이 몸도 꺼래이니 면할 줄이 있으랴."

바로 그 곁에 또 이렇게 씌어 있었습니다. 나도 무엇이라도 새겨 보고 싶었으나 자꾸만 눈물이 났습니다.

"아버지, 아버지는 왜 이 땅에 오셨습니까. 따뜻한 우리 집을 버리시고…… 할아버지와 어머니와 이 딸은 아버지의 해골조차 모셔가지 못 하옵고 이 지경에 빠졌습니다. 아버지의 영혼만은 고향집에 가옵시다. 순이."

라고 눈물을 닦으며 손톱으로 새겼습니다.

그 날 해도 애처로이 서산을 넘고 그 키 큰 젊은 군인이 문을 열어 주어 도세 식구는 뒤보러 나갈 생각도 하지 않고 울었습니다.

그렇게 몇 날을 지낸 이른 아침이었습니다. 순이 세 식구는 또 밖으로 불려 나갔습니다. 나가는 문턱에서 그 키 큰 군인이 아무 말 없이 검은 무명으로 지은 헌 덧저고리 세 개를 가지고 차례로 한 개씩 등을 덮어 주었습니다.

"추운데 이것을 입고라야 먼 길을 갈 것이오. 이것은 내가 입던 헌 것이니 사양 말아라."

하고 쳐다보는 순이들에게 힘없는 정다운 눈으로 무엇이라 말했습니다.

"감사합니다."

순이들은 치하했으나 군인은 그대로 입을 다물고 순이의 등만 툭 쳤습니다. 비록 낡은 덧저고리였으나 순이들에게는 고향을 떠난 후 처음 맛보는 인정이었습니다.

넓은 마당에 나서자 안장을 지은 두 마리의 말이 고삐를 올리고, 처음 보던 조선 군인이 손에 흰 종이쪽을 쥐고 서서

"동무들 할 수 없었꼬마, 국경으로 가라합니……"

하고는 할아버지부터 차례로 악수를 해준 후

"잘 갑소……"

라고 최후 하직을 했습니다. 우리들이 아버지의 백골을 찾아가게 해 달라고 아무리 애걸했으나 다시 무슨 효험이 있을 리 만무했습니다.

"자 - 가누마, 잘 갑소."

그 '얼마우자' 군인도 처량한 얼굴로 길을 재촉하자 두 사람의 군인이 총을 둘러메고 말 위에 올랐습니다. 그 중의 한 사람은 키 큰 젊은 군인이었습니다.

황량한 시베리아 벌판 그 냉혹한 찬바람에 시달리며 세 사람은 추방의 길에 올랐습니다. 벌판을 지나 산등도 넘고 얼음길도 건너며 눈구덩이도 휘어가며 두 군인의 말굽소리를 가슴 위로 들으며 걸었습니다. 쫓겨 가는 가엾은 무리들의 걸어간 자취 위에 다시 발을 옮겨 디딜 때 자국마다 피 눈물이고 여 있었습니다.

말 등 위에 높이 앉은 군인 두 사람은 높이높이 목을 빼어 유유하게 노래를 불러 그 노래 소리는 찬 벌판을 지나 산 너머로 사라지며 쫓겨 다니는 무리들을 조상하는 것 같았습니다.

이따금 추움과 피로에 발길을 멈추는 세 사람을 군인은 내려다보고 다섯 손가락을 펴 보았습니다. 아직 오십로리(五十露里) 남았다는 뜻이었습니다.

한 떼의 싸리나무 울창한 산길을 지날 때 어느덧 산그림자는 두터워지며 애 끓는 시베리아의 석양이었습니다.

어머니와 순이에게 양팔을 부축받은 할아버지가 문득 발길을 멈추더니 아무 소리 없이 스르르 쓰러졌습니다.

"할아버지! 할아버지."

"아버님, 아버님."

부르는 소리는 산등을 울렸으나 할아버지는 대답이 없었습니다. 말에서 내린 군인들은 할아버지를 주무르고 일으키고 해보며 이윽히 애를 쓴 후 입맛을 다시고 일어서 모자를 벗고 잠깐 묵도를 하였습니다.

키 큰 군인은 다시 모자를 쓴 후

"순이!"

하고 부른 후 이미 시체가 된 할아버지 목을 안고 부르짖는 순이의 어깨를 가만히 쓰다듬었습니다.

"순이야, 울지 말고 일어서라."

고 명령하듯 소리쳤습니다.

2장

적빈

그의 둘째 아들이 매촌(梅村)이라는 산골에 장가를 간 후로는 그를 부를 때 누구든지 '매촌댁 늙은이'라고 부른다. '늙은이'라는 위에다 '매촌댁'이라고 특히 '댁'자를 붙여 부르는 것은 이 늙은이가 은진 송씨(恩津 宋氏)인 고로 송우암(宋尤菴) 선생의 후예라고 그 동리에서 제법 양반 행세를 해오든 집안이 친정으로 척당이 됨으로서의 부득이한 존칭이다. 그러나 지금에 와서는 존칭으로 '댁'자를 붙여 준다고는 아무도 생각지 않았다.

  아무래도 '매촌댁 늙은이'하면 의례히 '더럽고 불쌍하고 남의 일 해주는 거지보다 더 가난한 늙은이다'하는 멸시의 대명사로 여기는 것이었다. 그뿐 아니라 요즈음에 와서는 '매촌댁 늙은이'라고 '댁'자를 쑥 빼고 부르는 사람도 있어졌다. 그래도 늙은이는 그것을 노엽게 생각할 만한 양반에 대한 애착심이 낡아빠져서 아무런 생각도 느끼지 않았다.

몇 해 전 그가 늘 허드렛일을 해 주러 다니는 그 동리 면장의 집 아들이 장난말 끝에

"늙은이의 이름이 뭐요?"

하고 물었다.

"히힝, 내 말인가. 늙은이가 무슨 이름이 있어!"

"그래도 왜 없어요. 똥덕이었소, 개똥이었었소?"

하며 놀려대는 것이었다. 그는 젊은 놈이 당돌하게 늙은이의 이름을 묻는다는 것이 와락 분해져서

"왜? 나도 예전에는 다 귀하게 큰 사람이요. 우리 할아버지는 송우암 선생의 자손이요 글이 문장이라오. 내 이름도 할아버지가 귀한 딸이라고 귀남이라고 지었다오!"

하며 자기도 옛 세월 같았으면 너희들은 감히 나의 집에도 만만히 못 들어올 상놈들이다 하는 뜻을 암시하여 양반 자랑을 한 것도 지금 생각하면 다 우스운 일이었다.

"돈 없고 가난하면 지금 세상은 이런 것"

이라 하는 것만은 날이 갈수록 더 똑똑하게 알려질

뿐이었다.

    가난하다면 이 매촌댁 늙은이보다 더 가난할 수는 없는 것이다. 거의 맏아들은 오래 전에 죽어버린 자기 남편과 마찬가지로 '돼지'라고 별명을 듣는 멍청이었다. 모든 일에는 돼지같이 둔하고 욕심 많고 철딱서니 없고 소견 없는 멍청이면서도 술 먹고 담배 피우는데는 일당 백이었다. 그래서 남의 집에서 품팔이라도 하면 돈이 손에 들어오기 바쁘게 술집으로 쫓아가는 것이었으므로 몸에 입은 옷이라고는 자칫하면 감추는 물건이 벌렁 내다보일 지경이었다. 그 동생은 스물여덟에 남의 집에서 고용살이로 모았던 몇 량 돈으로 매촌으로 장가를 들고 얼마 남은 것으로 형 되는 '돼지'도 장가를 들여주려고 했으나 눈 빠진 사람이 아니고는 그에게 딸을 내어줄 사람이 없었다. 그러나 이렇게 못난이 '돼지'라도 사위를 보려는 사람이 있었다.

    그는 스무 살이나 먹도록 시집 못 보내고 둔 벙어리 색시의 아버지다. 돼지는 벙어리라고 하므로 생각할 인물이 못되어 '계집 얻는다'는 것만이 좋아서 싱글벙글하며 넓적한 콧구멍을 벌렁거리며 장가를 들었다.

    늙은이는 아들 둘을 다 장가보내고 나니 이제는 격

정할 것이 없다고 생각했으나 장가를 보내고 나니 걱정은 더 많아졌었다. '돼지'는 한날 한시로 술만 찾아다니고 벙어리는 매촌의 아내와 같이 있는 늙은이에게 와서 배고프다고 우는 것이었다.

매촌이는 장가 든 후에도 고용살이를 하는 고로 그의 아내는 늙은이와 날만 새이면 남의 집으로 돌아다니며 일 해주고 밥 얻어먹고 해야 살아오므로 고용살이로 받은 돈은 그대로 남겨두게 되었다. 남겨둔다 하더라도 일 년에 십 원 내외이나 늙은이는 백만 재산같이 귀중히 여겨 몸에 걸칠 옷 한 가지 바꾸어 입을 것이 없는 것은 생각할 줄도 몰랐다. 아주 옷이 없어지면 산골로 돌아다니며 무명베 짜는데 품팔이를 한다. 산골에서는 예전과 같이 아직까지도 제 손으로 옷감을 짜는 것이다. 한 필을 짜면 무명베 몇 척씩을 삯으로 받아가지고 며느리와 한 가지 자기 한 가지씩 옷을 해 입는 것이었다.

때로는 벙어리도 데리고 다니며 일을 거들어주며 밥을 얻어 먹이기도 하는 것이었다. 밥 한 끼 얻어먹는다는 것이 무슨 큰 품삯이나 받는 것 같이 그들 셋은 뼈가 부서지도록 일을 해 주고 돌아다녔으나 그래도 별 걱정은 없었다.

"어서 몇 백냥 모이게 되면 그것으로 남의 논이나 밭을 대지(貸地)로 얻어서 제 농사를 해 보리라."

하는 것만이 매촌의 부부와 늙은이의 유일한 희망이었다.

매촌이가 장가 든 지 사 년 만에 이럭저럭 뼈를 깎아 모은 돈이 이 원 모자라는 육십 원이나 되었다. 매촌은 그 돈 중에서 십오 원을 떼어 일간 토옥 다 허물어져 가는 것을 사 가지고 생전 처음으로 자기의 집이라는 것을 가지게 되었다. 늙은이도 기뻐했던 것이다. 그랬더니 남은 돈 사십삼 원으로 대지를 하기 전에 홀딱 날려 보내고 말았다. 동리에서도 똑똑하고 잘 하는 신용 있는 매촌이었으나 한꺼번에 많은 돈을 쥐고 보니 가뜩이나 마음이 벙벙한 데다가 돈 냄새를 맡고 다른 동리 알부랑 노름꾼들에게 속아 넘어서 하루 밤에 후딱 날려 보내고 만 것이었다. 매촌은 두 눈에 불이 켜고 뼈가 녹은 것 같이 쓰라리게 아까워서 죄 없는 담뱃대만 힘껏 두들겨 부수었다.

손에 쥐인 것 같이 믿고 믿었던 농사하는 그들의 꿈은 그대로 애처롭게 물거품으로 돌아가고 말게 되었으므로 늙은이는 온 밤이 새도록 아들을 조르며 죽는다고 목을 놓고 우는 것이었다.

"죽일 놈들 도적놈들 내 돈 사십삼 원을 그대로는 못 먹을 것이다."

매촌은 딱 버티고 앉아 이를 갈았다. 그러나 한번 낚긴 돈이 아무리 간장을 녹인들 도로 제 손 안에 들어올 리가 없는 것이었으나 그래도 매촌은 제 돈 찾으러 매일같이 노름판에 드나들었다. 그러는 중에 그는 제 자신도 모르는 사이에 어느 동리 알탕 노름꾼으로 변하고 말았다. 단순한 매촌이었었던 만큼 그의 변화는 쉽고 빠른 것이었다.

늙은이와 며느리는 태산같이 믿었던 매촌이가 그 모양이 되고 오직 하나 희망이었던 제 농사 짓는다는 것도 꿈으로 돌아간 후 죽지도 살지도 못할 판에 끼여 한결같이 남의 집에 다니며 입만은 살아갔다. 일 년 열두달 남의 솥에 익혀 낸 것만 얻어먹는 그들이라 비록 일은 해 주고 먹는 것이라 해도 동리 사람들은 공밥을 먹이는 것같이 그들을 천대하는 것이다. 늙은이에게서 '매촌댁'의 '댁'자를 쑥 빼고 '매촌댁 늙은이'로 붙이게 된 것도 이때부터이다.

큰아들 돼지나마 이제는 심을 채울 나이도 된지 오

래였건마는 그는 술 한잔이면 제 목이라도 베어줄 작자였으므로 죽도록 일을 해 주고도 술만 얻어 먹고 그대로 오는 것이었고 벙어리는 또 저대로 밥만 얻어먹고는 죽을똥 살똥 일을 해 주는 것이었다. 그러나 이중에도 불행이 하나 더 덮쳐 돼지는 그 마을에서 쫓겨나게 되었다. 그것은 몇 날 술을 먹지 못하여 못 살 지경에 이른 돼지가 한 꾀를 생각해 가지고 술집에 가서 술 한 잔만 주면 나무 한 짐 해다 주겠다는 약속으로 먼저 술 한 잔을 얻어먹었다. 그리고는 갖다줄 나무가 없어 나무베기를 엄금하는 사방공사(沙防工事) 해 놓은데 같이 한 짐 잔뜩 버혀지고 내려 오다가 일꾼 대장에게 들켜 나뭇짐은 나뭇짐대로 다 빼앗기고 죽도록 얻어맞고 술집 마누라까지 무한 욕을 먹고 한 까닭에 그는 그 동리에서 쫓겨난 것이었다. 그 길로 매촌에게 왔으나 매촌이 역시 알부랑 노름쟁이라 하는 수가 없었다. 그래서 그는 하는 수 없이 오리(五里) 가량 떨어진 동리에 가서 남의 집 곁방살이로 들어갔다. 방세는 내지 않더라도 그 집의 바쁜 일은 거들어 주겠다는 약속이었다. 그러나 당장에 입에 넣을 것이 없었으므로 벙어리를 두들기며 밥 얻어오라고 하는 것이었으나 벙어리는 이미 당삭이 된 커다란 배를 가리키며 서럽다는 듯이 우는 것이었다. 그래도 돼지는 어떻게든지 해서 양식을 얻어올 궁리는 하지 못하고 벙어리를 조르다가 지치면 그의 어머니인 늙은이가 무엇이나 가져다 주지나 않나! 하는 택없는 꿈을 꾸며 뒹굴뒹굴 하기만 하는 것이었다. 이따금 담배 생각이 나면 들에 나가서 '씰랭이'의 꽃을 따다가 대에 넣어가지고 쥐새끼 소리를 내며 빨아대는 것이었다.

벙어리는 자기 뱃속에서 꿈틀 꿈틀하며 태아(胎兒)가 놀면 몸서리를 치며 무서워했다.

"빌어먹을 년, 어린애가 그러지 않냐 겁은 왜 내?"

하고 벼락같이 소리를 지르나 알아듣지 못하고

"끙끙……"

하는 소리로 울며 자기 배를 쿡 쥐어지르는 것이었다. 하루 한 끼도 얻어 먹지 못하는 그들이라 벙어리의 커다란 두 눈은 쇠눈깔같이 험악하였다. 늙은이는 어느 날 밤에 큰 호랑이 두 마리가 꿈에 보이더라고 하며 그 이튿날 아침에 매촌의 아내를 보고 꿈 이야기를 하는 것이었다.

"아마도 오늘 내일 간에 너희 둘이다 아들을 낳을라는가 보더라……"

하며 신기하다는 듯이 며느리를 바라보는 것이었다. 매촌의 아내도 벙어리와 같이 당삭 있다던 것이다.

"한꺼번에 둘이 다 해산을 한다면 이 일을 어쩔까 작은 며느리는 그래도 해산 후에 먹을 것이나 준비해 두었지마는 저 벙어리를 어떻게……"

혼자 생각하다 못해 노란 것, 흰 것, 검은 것이 한데 섞인 몇 가락 안 되는 머리를 손가락으로 감아서 꽁쳐매고 누덕누덕 깁은 적삼에 걸레 같은 몽당 치마를 입고 빨리 집을 나섰다. 그는 그 길로 바로 단골로 다니며 일해 주는 집들을 돌아다니며 사정 이야기를 하고 얼마만큼만 꾸어주면 나중에 그만큼 일을 해주리라고 애원을 해도 한 집도 시원하게 대답하지 않았다.

"모다 그 늙은이는 참 그런 이들을 자식이라고 걱정을 해 먹일 것도 없을 줄 알며 어린애는 왜 만들었어?"

하고 비웃고 핀잔 주고 놀려주고 할 뿐이었다. 늙은이는 이즈러지고 뿌리만 남은 몇 개 남지 않은 이빨을 드러내며

"히에 -".

하고 고양이같이 웃어 보이는 것이었다. 웃으면 곯아 비틀어진 우붕 뿌리같은 그 얼굴에 누비질한 것 같이 잘

게 깊게 잡힌 주름살이 피며 주름 사이에서 햇빛을 보지 못한 살이 받고 지운 것 같이 여기저기 드러나는 것이었다.

"그러게 말이지. 자식 놈들이 몹쓸 놈이지. 그저 벙어리가 불쌍해서 그러는 거요……"

하고는 다시 한 번

"히에 -"

웃어 보이고 돌아서 나오는 것이었다.

그는 행여나! 하는 생각으로 마지막으로 또 한 집에 들렀다. 오랫동안 천대받고 학대받아 온 늙은이라 남들의 냉정한 것을 슬프게나 원망스럽게 느낄 줄 몰랐다. 그리고 낙심할 줄도 몰랐다. 마지막 들린 집에서는 쉽사리 동정을 하는 것이었다.

"에구, 불쌍해라. 아이는 하필 저런데 가서 잘 테이거던……"

하며 쌀 한 되, 보리 두 되, 장 한 그릇, 미역 한 쪽, 명태 한 마리를 별 말없이 내어주는 것이었다. 밥 한 그릇에 온 전신이 녹도록 고맙다고 생각하는 이 늙은이라 이렇게 과분한 적선에는 도리어 고마운 줄 몰랐다. 그의 고마움을 느끼는 신경은 너무나 한도가 적었던 까닭이라 그의 신경은 모조리 감격에 차고 이 여러 가지에 대한 감사를 일일이 다 느끼기에는 그의 신경이 모자랐던 것이다. 늙은이는 채 머리만 절래 절래 흔들며 연방 혀 끝으로 콧물을 잡아뜯더니 닦았다. 아무 고맙다는 인사도 없이 그는 여러 가지를 바구니 속에 넣어가지고 머리에 이었다.

그 집을 나와 한참 돼지 있는 마을을 향해 걸어가다가 그는 힐끔 한번 뒤를 돌아보고는 얼른 바구니에서 명태를 끄집어내어 품속에 감추었다.

"이것은 작은 며느리 해산하거든 주지."

그는 벙어리만 중하게 생각하는 것 같아서 명태는 감추었다가 작은 며느리를 주려는 것이었다.

돼지가 있는 방 지게문을 덜컥 열어 젖히니 방안에서는 더운 짐과 퀘퀘한 냄새가 물씬 솟았다. 돼지는 혼자 방에 누웠다가 부시시 일어나 앉았다.

"그것 뭐요. 배고파라!"

하며 힐끔 아래서부터 옆으로 늙은이를 쳐다보는 것이었다. 그 모양이 정말 돼지 같아서 늙은이는 속으로 쓴웃음을 쳤다. 방 안 모양도 돼지 우리 같았거니와 그의 느린 동작과 조그만 눈이 살그머니 흘겨보는 상은 병들은 돼지 그대로였다. 다만 한 가지 참 돼지처럼 살이 툭툭 찌지 않은 것만이 다를 뿐이었다.

늙은이는 지긋지긋하게도 ○○ 망나니인 두 아들을 원망이나 미워하는 것도 이제는 그만 지쳐서 그대로 잠자코 방으로 들어갔다.

"그것 뭐요!"

입 가장자리가 뽀얗게 침이 타 붙은 것을 손등으로 슬쩍 닦으며 배고파 못 견디겠다는 듯이 재차 묻는 것이었다.

늙은이는 혼자 중얼거리며 연방 채머리를 절래 흔드는 것이었다. 작은 며느리는 해산하면 먹는다고 쌀 다섯 되 보리 한 말을 준비해 두기라도 했거니와 벙어리는 지금 당장에 굶고 있는 판이니 그 일이 난감하였다.

"무엇이야 아무것도 아니지. 젊은 것이 해산을 하면 무엇을 먹으려고 밤낮 이러고만 있어."

늙은이는 목에 말라붙은 것 같은 적은 소리로 노하지도 않고 곱게 타이르는 것이었다.

"일하려 갈라고 해도 배고파서……."

"그렇다고 누웠으면 하늘에서 밥이 떨어지냐. 젊은 것은 어디 갔어?"

"뒷산에 나물 캐러 갔는가……."

늙은이는 네 손가락으로 뒤통수를 덕덕 긁으며 답답해 못 견디겠다는 듯이 벌떡 일어섰다.

"이것은 해산하면 먹일 약(藥)이다. 손도 대지 말아라!"

하고는 가지고 온 바구니를 윗목에 밀어놓고 밖에 나와 짚을 한숨 쥐어다가 그 위에 눌러 덮었다.

"정말 이것은 손을 대지 말아라. 아이를 낳으면 먹일 약이다."

늙은이는 열 번 스무 번 당부를 하는 것이었다.

"음! 그래 웬 잔소리는……."

하고 돼지는 온 몸뚱이의 껍질만 남겨두고 모든 정신이 그 바구니 속에 쏠리어 늙은이의 말은 지나가는 바람소리로만 여기는 것이었다. 늙은이는 돼지의 속마음을 잘 들여다 볼 수 있었다. 아무리 당부해도 그 말을 실행할 돼지가 아닌 것도 잘 알았으나 조금이라도 아껴 먹도록 하라는 뜻으로 자기도 몇 번이나 부탁만은 하는 것이었다. 그러나 아무리 지혜 없는 '축신이' 돼지라 할지라도 사십에 가까운 사나이에게 양식을 약이라고 말하는 자기가 서글프기도 하였거니와 그들에게 있어서는 양식이라는 것은 생명줄을 이어 주는 귀하고 중한 약이 아니고 무엇이냐. 밥을 약과 같이 먹어야 하는 너희들이 아니냐 하는 생각도 났으므로 늙은이는 다시 또 입을 닫지 않고 그 방을 나섰다. 집으로 돌아오는 길에도 행여나 벙어리와 마주칠까 해서 명태 한 마리는 품에 숨긴 채 왼편으로 그 위를 누르고 빨리 돌아왔다. 작은 며느리는 일하러 나가고 없었으므로 부엌 한 옆에 구덩을 파고 넣어 둔 쌀 항아리 뚜껑을 열고 명태는 쌀 속에 파묻어 두었다. 그리고 자기도 어디 가서 좀 일을 해주고, 점심을 때우리라는 생각으로 그대로 집을 나왔다.

그는 그 길로 면장의 집으로 갔다.

"늙은이, 어서 오소. 이 애가 웬일이요!"

하며 면장의 마누라는 세 살 먹은 계집애를 안고 마루에서 어쩔 줄 몰라 하는 판이었다.

"왜? 어디가 아픈가?"

늙은이는 얼른 마루로 올라가서 익숙한 솜씨로 어린애의 이마와 가슴을 만져보았다.

"지금까지 뜰에서 놀던 것이 갑자기 이 모양이야!"

어린애는 정말 열이 나고 괴로운 울음을 우는 것이었다.

"별일 없어요. 어디 봅시다."

늙은이는 어린애를 받아 안고 오므려진 입술을 더 오므려 가지고 가만가만히 가슴과 배를 만지는 것이었다. 평생에 하도 많이 남의 집을 들어 다닌 늙은이라 남의 앓는 것도 많이 보았거니와 고치는 것도 많이 보고 듣고 해 온 것이라 지금에 와서는 웬만한 병은 자기의 생각나는 대로 조약도 가르쳐 주고 '객귀'도 물어주고 채정도 내려주고 하여 신출내기 의원보다 동리에서는 더 믿는 것이었다. 그러므로 면장의 마누라도 늙은이에게 안심하고 아이를 맡기는 것이었다.

과연 어린애는 이윽고 소화되지 않은 음식을 토하기 시작하더니 한참만에 그대로 잠이 들었다. 늙은이는

"후-."

한숨을 하고 툇마루로 나와 앉으며,

"한숨 포근히 자고 나거든 노글노글한 조당수나 끓여 먹이고 저녁도 먹이지 말고 그대로 재우면 별 일 없을 것이요."

하였다. 마누라도 안심한 듯이 늙은이에게 줄 밥을 참견하였다. 늙은이는 밥과 반찬 찌꺼기를 얻어 가지고 툇마루 한 옆에서 씹지도 않고 묵턱묵턱 삼키기 시작했다.

"에구, 늙은이. 천천히 좀 먹으면 어떤가. 그렇게 막 삼켰다가 걸려 죽으면 어째……."

마누라는 늙은이의 밥 먹는 양을 바라보다가 주의를 시키는 것이었다.

"히엥 -."

늙은이는 애교 있는 웃음을 웃고 간청어 꼬리를 뼈째로 모조리 묵턱 베어 우물우물하더니 입이 움쑥하며 꿀꺽 소리를 내고 삼키는 것이었다.

"에그머니, 뼈를 막 먹네."

"히엥! 걱정하지 마소. 죽어도 먹다가 죽는 것은 복이 아니요?"

그는 그의 버릇인

"히엥"

하는 고양이 웃음 같은 소리로 한 번 더 웃어 보이고 연방 주먹만 한 밥 숟가락이 오르내렸다.

"저 늙은이의 창자는 무쇠로 된 것이야!"

마누라는 자기도 침을 삼키며 찬장에서 먹던 김치찌개를 더 내어주었다.

늙은이는 지금까지 먹으라고 주는 것을 사양해 본 적이 없는 판이라 주는 김치도 넙석 받아 국물부터 후

루룩 삼켜 보는 것이었다. 그의 몸뚱이는 곯아 비틀어졌어도 오직 그의 창자만은 무쇠같이 억세고 든든하였던 것이다.

지금까지 배앓이를 해 본 적이 없는 그이었다. 그 날은 이것저것 거들어 주고 저녁까지 얻어먹고 돌아 나올 때 마누라는 늙은이의 치마자락에 보리 두어 되를 부어 주었다.

"에구, 이것은 왜?"

하면서도 사양하지 않고 그대로 집으로 돌아왔다. 그는 그 보리를 가져다가 헌 누더기 조각에 싸 가지고 며느리 몰래 부엌 나무단 밑에 감추었다. 벙어리의 양식이 없어지면 가져다 주려고…….

그런지 며칠 만에 벙어리가 해산 기미로 누웠다는 통보를 듣고 부랴부랴 달려간 때는 오정이 훨씬 지나서이다. 방문을 덜컥 열어젖히니 벙어리는 죽겠다고 머리를 방구석에 틀어박고 끙끙하며 손으로 벽을 쥐어뜯고 있고 돼지는 조급한 듯이 연기도 나지 않는 담뱃대만 쪽쪽 빨며 쥐새끼 소리를 내고 앉아 있었다.

"언제부터 저러냐?"

늙은이는 방에 들어가 앉으며 아들에게 묻는 것이

었다.

"몰라요. 어제 밤부터 아직까지 물도 한 모금 마시지 않네요!"

늙은이는 벙어리의 고통을 잘 알았다. 아무것도 먹지 못해 기운이 없어 속히 어린애를 낳지 못하는 것이다 하는 생각이 들자

"전에 가져다 준 것 어디 있어?"

하고 물었다.

"뭐? 그거 다 먹었지."

"뭐? 언제?"

늙은이는 기가 막혔다. 그까짓 쌀 한 되 보리 두되를 먹는다니 입에 붙일 것이나 있었으리요마는 미역까지 다 먹었다는 말에 와락 속이 상했다.

"빌어먹을 놈, 그것을 죄다 먹다니……"

기운이 없어 아이를 속히 낳지 못하고 끙끙 하는 벙어리를 앞에 두고 늙은이의 가슴은 어리둥절하였다. 우선 조금 남아 있는 장으로 솥에 찬물 한 바가지를 붓고 물을 끓여 벙어리에게 두어 숟갈 먹였더니

"아버바!"

하는 고함소리와 함께 방바닥에 새빨간 고깃덩어리

가 떨어지며

"으아!"

하고 힘 있는 첫소리를 쳤다. 늙은이는 탯줄을 끊으려 해도 가위도 아무것도 없어 생각하는 판에 돼지가 달려들어 입으로 탯줄을 석컥 베었다. 방바닥이라 해도 문 앞에 다 떨어진 사리 자리가 손바닥만치 깔려 있을 뿐이었으므로 어린애는 맨 흙 위에 그대로 누어 새빨간 팔과 다리를 꼬물락거리며 입술을 오물락거리고 있었다. 늙은이와 돼지는 얼른 어린애의 다리 사이를 헤치고 보았다. 조그만 무엇이 달리어 사나이라는 것을 뚜렷이 증명하고 있었다. 늙은이는 갑자기 두 팔을 덜덜 떨며 두리번두리번 살피다가 하는 수없이 손빠르게 자기의 치마를 벗어 어린애를 싸가지고 자리 위에 눕혔다.

벙어리는 죽은 것 같이 늘어져 누워 있었다. 돼지는 뜻도 없던 말소리를 혼자 분주히 중얼거리며 담뱃대를 쥐었다 놓았다 벙어리를 만져보았다 하는 것이었다. 늙은이는 잠시 가만히 앉아 예순셋에 처음으로 보는 손자라 그런지 그의 가슴은 감격에 꽉 차가지고 웬일인지 눈물이 줄줄 흘러내렸다. 연해서 안태(胎)를 낳자 그만한 피를 감당할 수 없어 떨어진 '가마니' 쪽에다가 태를 움켜

담아 돼지를 시켜 뜰 한 옆에 가서 불사르라고 시켰다.

"저것을 무엇을 먹일까!"

늙은이는 자기 집 나무 밑에 감추어둔 보리 두 되가 생각났으나 지금 그것을 가지러 가려 하니 몸을 빼서 나갈 수 없고 돼지를 시키려니 작은 며느리에게 들킬까 걱정이 되어 자기 팔이라도 베이고 싶었다. 그럴 때 집주인 마누라가 이 모양을 알아채고 쌀 한 그릇을 주는 것이었다. 늙은이는 그것으로 밥을 지어 벙어리에게 크게 한 그릇 먹이고 남는 것은 바가지에 긁어 담았다.

"그 년 어린애 낳고 아프지도 않나베. 밥이야 억세게 먹어댄다. 나도 배고파 죽겠는데. 제 - 기."

돼지는 뜰에서 태를 태우며 버럭 소리를 지르는 것이었다. 늙은이는

"빌어먹을 놈, '축신이'같이."

하며 바가지의 밥을 덜어서 돼지를 주고 자기는 손가락에 묻은 밥알만 뜯어 먹었다. 어린애도 만지고 벙어리 몸도 단속하는 사이에 해는 저물어 갔다.

그는 남은 밥을 벙어리에게 먹여놓고 차마 어린 것을 덮어 준 치마를 벗기지 못해 떨어진 속옷 바람으로 어둡기를 기다려 자기 집으로 보리를 가지러 가는 것이었다.

작은 며느리가 알면

"보리는 누구 것이오. 왜 숨기었다가 가져가요."

하고 마음을 상할까 하여 그는 가만히 자기 집으로 들어갔다. 매촌이는 또 노름방으로 갔는지 며느리 혼자서 깜박거리는 호롱불을 켜고 옷끈을 끌러놓고 '벼룩' 잡는다고 부시직거리고 있었다. 늙은이는 자취 없이 부엌으로 들어가 나무 밑에 손을 넣어 살그머니 보리 꾸러미를 끌어내었다. 진작 도로 나오려다가 조금 멈칫 하고 생각한 후 재주 있는 '쓰리'와 같은 손짓으로 쌀 항아리 속에 손을 넣었다. 전날 쌀 밑에 감추어 두었던 '명태'가 쌀 위에 쑥 빠져나와 있었다.

"아이구, 며느리가 보았구나."

하는 생각이 들자 그는 얼른 항아리에서 손을 빼어 집을 빠져나왔다. 보리뭉치만을 옆에 끼고 번개같이 달려가서 돼지에게 갖다 주고

"이것으로 죽을 쑤어 너는 조금씩만 먹고 어린애 어미만 먹여라!"

고 몇 번이나 당부하고 자기는 다시 집으로 돌아오는 것이었다. 텅 빈 뱃가죽은 등에 가 붙고 입안과 목안은 송정으로 붙인 것 같이 입맛을 다시면 찢어지는 것

같이 따가웠다.

"저까짓 보리 두 되로 몇 날을 지탱시킬까."

하는 생각이 들자 그의 두 다리는 가리가리 힘이 빠지고 돼지와 매촌이의 못난 것이 새삼스럽게 얄미웠다. 그러나 눈 앞에는 오늘 난 아기의 두 다리 사이에 사내란 또렷한 그 표적이 어릿어릿 나타나고 사라지고 하였다. 그는 이윽히 걸어가는 사이에 몹시 뒤가 마려워서 잠깐 발길을 멈추고 사방을 둘러본 후 속옷을 헤치려다가 무엇에 놀란 듯 재빠르게 걷기 시작하였다.

"사람은 똥힘으로 사는데……."

하는 것을 생각해 내었던 것이다. 이제 집으로 돌아간들 밥 한 술 남겨 두었을 리가 없으며 반드시 내일 아침까지 굶고 자야 할 처지이므로 지금 똥을 누어 버리면 당장에 앞으로 거꾸러지고 말 것 같았던 까닭이었다.

그는 흘러내리는 옷을 연방 움켜잡아 올리며 코끼리 껍질 같은 몸뚱이를 벌름거리는 그대로 뒤가 마려운 것을 무시하려고 입을 꼭 다문 채 아물거리는 어두운 길을 줄달음치는 것이었다.

3장

빈곤

"네까짓 것이야 단 주먹에 박살이 난다. 속히 내놓아라."

"……"

"이년 못 내놓을까?"

"……"

"이년아, 네 이년아, 이년아, 이년"

"……"

"아, 저년이 귓구멍이 멕혀 빠졌나? 이년아, 글쎄 돈 오십 전만 내란 말이다."

"……"

"오십 전이 없거든 이십 전만 내놓아."

"……"

"당장에 뱃대지를 푹 찔러 죽여 버릴 년, 돈 십 전만 내 놓아라 응."

"……"

"이년이 그래도, 벼락을 맞지 않아서 근질근질하구나, 돈 오 전이라도 내 놓아라."

"……"

"이런 빌어먹을 년이 단돈 오 전도 안 내놓는다? 헛 이년이야…… 에라 이년……"

후닥딱……하며 마누라의 몸은 뜰 가운데가 큰 대자로 엎드러졌다.

"이년이 돈 오 전도 없다고 사람의 속을 이렇게 썩인단 말이지. 에이 네 이년."

연달아 박차고 밟고 두들기고 하다가 나중에는 기운이 빠졌는지 방안으로 뛰어들어가다 떨어져 가는 노란 장롱문을 뚝 잡아떼고 그 안에 든 의복을 되는 대로 방안에 펼쳐 놓으며 그중에 한 가지를 골라잡고 밖으로 뛰어나와 아직껏 뜰 가운데에 자빠진 마누라를 보자 손에 쥔 의복으로 두서너 번 갈기고는 그대로 휭 사라져 버렸다.

마누라는 죽은 사람같이 쭉 뻗고 누웠다가 이윽고 간신히 일어나 앉았다.

"도적놈."

그는 단 한 마디로 입안에서만 중얼거리며 일어나려 몇 번이나 애를 쓰다가 그대로 슬슬 기어 방으로 들어가,

"어-아이."

하며 길게 한바탕 한숨을 쉬고 방안에 흩어져 있는 옷가지를 주섬주섬 한데 뭉쳐 농 안에 밀어 넣고 떨어진 농 문짝을 집어 농문을 닫으려다가 그대로 방 한옆에 밀어 놓았다.

"암만 생각하여도 할 수 없구나."

마누라는 천천히 걸어서 김문서(金文瑞)의 농장(農場)으로 일거리를 찾으러 갔다. 벌써 그 먼 옛날의 꿈으로 사라지고 만 그 행복스럽던 기억이 하나 둘 머리에 떠오르며 남편에게 얻어맞아 시퍼렇게 멍이 든 두 뺨이 화끈화끈하여졌다.

"사람의 팔자라는 건 정말 무섭다, 내가 왜 그때 그랬을까……아이구."

그는 자기 몸뚱이를 물어뜯고 싶을 만큼 안타까웠다.

"다-이년의 잘못이다."

"그때, 그이는 그렇게도 애를 썼는데 이 못된 년이 무슨 개지랄병이 덮쳐서 달아났던고……"

"아이고, 오오……"

길 가는 사람이 웃을 만치 그는 혼자 중얼거리며 섰다가 걸어가다가 하며 발끝을 망설이고 있었다.

그는 올해 스물아홉 살이었다. 벌써 네 번째 임신을 하여 배는 바가지를 찬 듯이 불쑥 내밀었다. 첫째와 둘째는 사십 구일 만에 죽고 말았다. 그 죽은 것도 남편인 최가가 때려죽인 것이나 다름이 없었고 셋째는 뱃속에 든 채 최가의 발길에 채여 죽어 나왔었다. 이번 넷째는 웬일인지 아무리 맞고 치이고 밟히고 하여도 그대로 펄떡펄떡 뛰며,

"엄마, 나는 기어이 살아 나가겠어요. 내가 나가면 엄마의 원수를 갚아줄게."

라고나 말하듯이 좀처럼 낙태가 되지 않았다. 그러나 그가 김문서의 농장에 일하러 가지 않고는 위선 당장에 목숨 보존을 해 나갈 수가 없다고 생각이 든 뒤부터는

"이년아 너는 전생이 죄가 너무 많아서 나를 배었는 것이다. 내가 나가면 아버지보다 더 골탕을 먹이겠다."

라고 하듯이 자기 창자를 휘어잡고 떨어지지 않는 것 같이도 생각이 들었다.

"에이구 이 원수 놈의 씨(種)야…… 도대체 이번에는

왜 낙태도 되지 않고 남의 속에 들어 앉아 나를 괴롭게 구노 이렇게 배가 불러서 어떻게 그이를 대할고……"

그는 눈앞에 그 옛날의 김문서를 그려보며 이렇게 중얼거렸다.

그가 열일곱 살 때이었다. 그때 마침 한 동네에서 자란 김문서가 상처를 하고 난지 얼마 되지 않았다. 문서는 동네 앞 샘터에 물 길러 간 그의 허리를 끌어안으며,

"옥남아, 너 내게 시집오지 않겠니?"

하고 달려들던 김문서였다.

"아이구머니, 놓아요"

소리를 빽 지르며 물동이도 집어던지고 그대로 달아나던 그이였었다.

"이 계집애야, 네만 허락하면 그날부터 너는 조선에 둘도 없는 호강을 할 것인데, 애야, 내가 정말 싫으냐?"

김문서는 간절히 그에게 사랑을 요구하였으나,

"아이구, 더러워라. 누가 상처한 남자에게 시집갈까."

하고 한없이 달아난 그이였으며 자기 부모도 같은 값이면 첫 장가오는 총각에게 자기 딸을 내어주려고 곧 이듣지 않는 까닭에 근 이 년이나 끌다가 하는 수 없이 김문서는 다른 곳으로 장가를 가게 되고 그는 지금 최가

에게 시집을 왔던 것이다.

얌전한 총각이요 자기 집도 굶지는 않으며 더구나 동경까지 갔다 온 사람이고 좋다고 시집간 것이 불과 일년도 못되어 최가는 갈보궁둥이에만 따라 다니며 술이나 먹고 노름이나 하는 알부랑자가 되더니 그의 부모가 죽고 난 후는 집 안에 있는 먼지까지도 들고 나가 팔아먹지 않으면 못 사는 인종지말이요 잔인하고 무도한 비인간이 되고 말았다.

그와 반대로 김문서는 어떻게 된 셈인지 살림이 쥐새끼 일 듯 자꾸 불어서 지금은 동리 앞에다 큰 농장을 경영하며 봄철에서 가을까지는 매일 남녀 일꾼을 이삼십 명씩이나 부리게까지 되었다.

그러나 최가의 아내인 그는 아무리 굶주렸어도 이 농장에는 일하러 갈 생각이 없었다. 아니 생각은 간절하여도,

"아이구, 더러워. 상처한 남자에게 누가 시집가."

하고 뿌리치던 그때가 생각이 나서 차마 거지같이,

"나를 좀 써 주세요."

하고 들어갈 수가 없었던 것이었다.

그러나 오늘은 하는 수 없이 나섰다. 당삭이 되었으

니 해산이 오늘 내일로 임박하였는데 남편은 집안에 단 하나 남은 솥을 들고 나간 지 사흘이 되어도 소식이 없고 입에 넣을 것이라고는 찬물밖에 없었다. 가만히 앉아서 굶주리고만 있을 수는 없게 된 사정이라 죽을 용기를 다하여 집을 나선 것이다.

그는 농장 앞까지 갔다. 철망 저편 농장 안에서는 여러 사람들이 일을 하고 있었다. 그는 우뚝 서서 바라보다가 가만히 그중의 한 사람을 불렀다.

"여보소, 덕동댕이."

"누구야? 아—옥계댁이요. 왜 불렀는가요?"

하고 불리운 여편네가 그를 바라보았다.

"좀 할말이 있어……"

그는 어물어물하며 조금 나와 달라는 듯이 말끝을 흐리어 버렸다.

"아이구, 지금 일을 하는데…… 주인이 보면 야단을 하니까 할말이 있거든 당신이 이리 와서 하소."

하고 덕동댁이란 여편네는 다시 허리를 굽혀 일을 시작하고 있었다. 그는 공연히 입을 삐쭉하며 앞뒤를 휘이 한번 둘러본 후 허리를 조금 굽혀 부른 배를 감추듯이 하며 한 손으로 멍든 뺨을 가리고 농장안으로 달음질하듯이 급히 들어갔다.

다행히 주인인 김문서의 얼굴은 보이지 않았으므로 얼른 덕동댁이 엎드려 있는 고랑으로 갔다.

"무슨 말인가요?"

하고 덕동댁은 고개를 돌렸다.

"아이고, 하는 수 없어 일 좀 할려고 왔는데 내가 할 일이 있을까요? 주인에게 말 좀 해주소."

그는 말이 잘 나오지 않아 와들와들 떨며 겨우 자기 뜻을 말했다.

"아-그 말 뿐인가요? 그렇지만 지금은 안돼요. 일을 시작하는 시간이 넘었는데 내일 다시 오도록 하오 내가 말해 줄 테니."

덕동댁의 이러한 말에 그는 금시에 눈물이 뚝 떨어질 것 같았다.

"설마 그이가 봤으면 좀 늦게 온 것쯤이야 어떨라고."

하는 생각이 들자 덕동댁에게 부탁하는 자기가 가소롭기도 하여 그대로 돌아서며

"주인은 어디 있는가요?"

하고 물었다.

"저기 배추밭에 엎드려 있는 게 주인인가 싶어요"

하고 덕동댁은 농장 서편을 가리켰다.

그는 달음질을 하여 그 자리로 갔다. 사람의 기척이 나자 배추벌레를 잡는 여편네들을 감독하고 섰던 사나이가 고개를 돌렸다. 그는 틀림없는 김문서였다. 넓적한 얼굴, 뚱뚱한 몸집, 찢어진 입, 그때나 틀림없는 김문서였다.

무턱대고 가깝게 다가선 그의 가슴은 쿵덕하며 내려앉는 것 같더니 갑자기 전신이 떨리며 가슴이 시끄럽게 벌덕거렸다. 말문이 탁 막히고 두 귀가 팽하며 정신이 재르르하여 그대로 선 채 두 눈만 멍하게 뜨고 있었다.

"어째서 왔소?"

김문서는 이상하다는 듯이 바라보며 물었다.

"일하러 왔는가?"

밭골에 엎드렸던 한 여편네가 벌떡 일어서며 그를 바라보았다.

"네."

그는 간신히 대답을 하고 그쪽을 바라보았다.

"아이구, 그 마누라 배를 보니 일하겠소."

여편네는 문서를 돌아보며 방긋 웃었다.

'아-저 사람이 이 사람의 마누라로구나. 그때 내만 허락했다면 나도 저렇게 복스럽게 되었을걸.'

하는 생각이 나며 그 자리에 더 섰기가 괴로웠다.

"좀 늦게 오기는 했지만 일이 바쁘니 여기서 배추벌레를 잡소 늦게 온 대신 일이나 많이 해."

하고 김문서는 그를 그 예전의 어여쁘던 시악씨 옥남인 줄을 알았음인지 몰랐음인지 싱긋이 웃으며 돌아서서 저쪽으로 가 버렸다.

"아이구, 배를 보니 일도 많이 할 것 같지 않은데!"

문서의 마누라는 눈을 험상스럽게 치떠 남편의 뒤를 바라보더니 그냥 잠잠하며 자기도 남편의 뒤를 따라갔다.

그는 멍하니 서서 문서의 뒷모양을 한참 바라보다가 고개를 축 늘이고 밭고랑에 가 앉았다.

"아이고, 옥계댁이 웬일인가요?"

일하던 여인부들은 모두 그와 한동리에 사는 터이라 서로 인사를 하며 이런 농장에 일하러 온 그가 이상하다는 듯이 물었다.

"일하러 왔지요."

그는 고개를 내려뜨린 채 간신히 대답하였다.

그날 아침에 냉이나물 한 죽을 소금에 찍어 먹고 왔을 뿐인 그는 해가 점심때 가까이 되자 능술이 당기며 두 눈은 목구멍으로 삼키려는 듯이 들어가고 배껍질은 배가 고프면서도 찢어질 듯이 따가웠다. 이마에 진땀을 흘리며 그래도 열심히 일을 계속 하였다.

점심시간이 되자 다른 일꾼은 제각기 밥 꾸러미를 들고 밭 이곳저곳에 둘러앉아 먹기 시작하였으나, 그는 가지고 온 것이 없어 슬그머니 밭 깊은 고랑에 가 숨어 앉아 남들이 밥을 먹기를 기다렸다.

"아이구, 이를 어째……"

그는 조금 전부터 자기의 몸에 이상이 있음을 느끼기는 했으나, 일을 중도에서 그만 두고 갈 수가 없어 참으랴 참을 수 없는 일이었으나 그래도 억지로 참고 있었던 것이었다.

만일 일을 그대로 두고 돌아가면 어떻게 해산을 할까, 벌써 세 끼니를 나물로만 채운 속인데 해산 후에도 입에 넣을 것이 없으면 어떻게 하나, 그리고 또 김문서가 고맙게도 일자리를 주었는데……하는 것을 생각할 때 그 자리를 떠날 수가 없었던 것이었다.

점심시간인 한 시간 반을 그는 고랑에 끼어 앉아 머리를 높은 고랑 위에 얹고 각각으로 밀려오는 고통을 진정하려고 이를 악물고 손을 갈고리 모양으로 오그려 흙

을 박박 그러쥐었다

"아이구, 암만해도 안되겠구나."

그는 허리가 척 무너지는 듯한 아픔이 자꾸자꾸 더하여지자 벌떡일어섰다. 지금 당장에 입에 무엇이든지 넣어 주지 않으면 깜박 자지러질 것 같음을 느꼈던 것이었다. 희미한 그의 눈에 아직 채 굵지 않은 봄 무가고랑을 지어 있는 것이 눈에 띄자 번개같이 달려가 한 개를 뽑았다.

이리저리 흙을 닦고 나서 복판을 둑 잘라 입에 대며 다시 고랑으로 들어가 앉으려고 하였다.

"아이구, 저기 무를 뽑는 게 누구야?"

누구인지 소리를 질렀다. 그러나 그는 무를 빼앗으러 오기 전에 삽시간에 목구멍으로 씹지도 못하고 삼켰다. 무 꽁지, 무 잎사귀 하나도 남기지 않고 다 씹어 삼켰다.

"무를 뽑아 먹었지?"

하는 소리가 들릴 때는,

"으아—"

하고 빨간 새 생명 하나가 이 세상 속에 쑥 나오는 순간이었다.

어린 새 생명은 배추 고랑에 엎드러진 그의 속옷 가

랑이에 끼인채 연달아 울고 있었다.

밭 가운데서 어린애를 더구나 사내를 해산했으니 그 밭 임자에게 무한한 복이 올 징조라 하여 김문서의 마누라는 친히 산모를 일으키고 태를 끊어서 아기는 자기 치마에 움켜 싸았다. 쌀 한 되, 미역 한뭉음, 명태 다섯 마리를 사가지고 일꾼에게 산모와 아기를 업히여 그들의 집으로 돌려 보내주었다.

그는 희미하나마 모든 경과를 알아차릴 수가 있었다.

봄이라고는 하지마는 냉돌에 그냥 드러둡기에는 전신이 떨렸으나 하는 수없이 아기를 가슴에 안은 채 혼미한 잠 속에 빠져 버렸다.

이제는 쌀이 있고 미역이 있으나 그것을 익혀 낼 솥이 없었다. 이것을 안 문서의 마누라는 냄비 하나와 나무 한 짐까지 지워 하인을 보내 밥과 국을 끓여 먹이게 하였다.

"아이구, 고마워라."

그는 밥과 국을 받아 놓고 겨우 이 한 마디를 하고는 목이 메이고 말았다.

한 이레 동안은 김문서집 덕으로 무사히 지냈다. 그러나 어느 때까지 이러한 행복이나마 계속되지 못했다.

해산한 지 여드레 만에 그의 남편인 최가가 비틀거리며 문을 박차고 들어왔다.

"이년, 또 아이새끼는 왜 내질러 놓고 당장에 뒤여지지 않고"

하며 덜석 주저앉았다.

"이년, 그래 소문을 들으니 김문서란 놈이 쌀을 보냈다더구나. 어디 나도 배고파 죽겠다. 밥 좀 지어내라."

하고 주먹으로 방바닥을 내려쳤다.

그는 와락 겁이 나며 애기를 벽 쪽으로 누이고 자기가 남편 앉은 쪽으로 누우려고 일어나 앉아 자리를 바꾸려고 하였다.

"이년, 왜 밥 지으라는데 또 자빠져 누워?"

하며 헝클어진 그의 머리채를 잡아 젖히며 일변은 한 발로 애기를 걷어차며,

"이것이 다 뭐냐."

하고 소리를 질렀다.

"아이구, 맙소, 곧 밥을 짓겠으니, 네에 곧 밥을 가져오겠어요"

"이년, 이년, 아무리 이년, 남편이 못됐기로니 오래간만에 들어오는 것을 보고 제 배때기만 부르면 그만인가

빈드럿이 드러누워……."

"네에 곧 밥을 가져오겠어요. 네에 곧 밥을 가져올 테니."

그는 일어섰다. 그러나 그대로 나갈 수는 없었다. 애기를 치마에 싸안고 난 후 방을 나섰다. 떨리는 다리로 부엌에 내려가 냄비 뚜껑을 열고 보니 아침에 문서의 집 하인이 지어 두고 간 밥 한 그릇과 국이 있었다. 그것을 하나씩 방안으로 옮기고 난 후 자기도 들어가 앉았다.

"이년, 이것뿐이야?"

하며 단번에 밥과 국을 휩쓸어 삼켜 버렸다. 그는 차마 그 밥과 국을 먹는 양을 바라볼 수가 없었다. 그의 산후에 오는 맹렬한 식욕은 혓바닥이 뚫어질 듯이 침이 삼켜지는 까닭이었다. 그는 눈을 돌려 애기에게 젖꼭지를 물리려 했다 그러나 애기는 젖꼭지를 물지 않았다.

조그마한 입에서 뽀얀 젖을 뽈쪽 내놓으며 두 눈은 연달아 뒤꼭지쪽으로 넘어가고 있었다.

"아이구-"

그는 알았다. 이미 첫째와 둘째가 죽을 때 모양이 지금 애기의 모양에 복사(複寫) 되었던 것이다.

"이년이, 소리는 왜 질러?"

하며 남편은 벌떡 일어서며 얼빠진 그의 뺨을 후려갈겼다.

"이년, 벌써 죽은 지가 오래다."

하며 휭 밖으로 나가버렸다.

얼마 전에 자기 머리채를 잡고 애기를 찰 때 애기는 그 몹쓸 발길에 채여 죽었고나 하는 것을 비로소 알았다.

그러나 그는 아무것도 몰랐다. 단 한 가지 알고 있는 것은 호미를 들고 가서 공동묘지에 애기를 묻을 것과 동네 구장에게 가서 죽었다는 말을 하는 것뿐이었다.

*

그날은 이 동리 XXX를 신축하므로 상량식(上梁式)을 하는 날이었다.

이날 음식을 장만하는데 그도 불리워갔다.

"자-모다 내 말을 듣소 성동댁, 영동댁, 성남댁은 고기를 장만하고 명동댁, 매꼴댁, 옥계댁은 남새를 장만하소 그런데 누구든지 장만할 때 간을 맞추느라고 맛을 보든지 남모르게 집어 먹든지 하면 당장에 큰일이 날 터이니 미리 그렇게 알고 각별히 주의를 해야 되오."

하고 구장인 심영삼이 난단히 부닥을 하였다.

"네에."

하고 모두 음식을 장만하기 시작하였다.

"이년."

하는 소리가 어디서인지 우레같이 일어나자 그는 깜박 잊고 나물 국물을 푼숟갈을 입술까지 가져가다 말고 돌아다 보았다.

"아이구 나으리님, 먹은 것이 아니올시다. 잠깐 맛을 보려고 하였으나 입에는 넣지 않았어요."

하고 그는 본능적으로 몸을 피하려 하였다. 그러나 때는 늦었다.

"이년."

"요망스런 년."

하는 소리가 나며

"제(祭)에 쓸 음식이라고 맛을 보지 말라고 그랬는데도 불구하고 이년이 맛을 본단 말이야."

후닥딱 몇 사람의 손길이 그의 뺨으로 어깨로 가슴으로 내려 덮쳤다.

"아이쿠~ 아야. 나으리님, 나으리님."

"이년."

"꼬라!"

왁자지껄하던 소리가 이윽고 끊어지자 그는 가마 옆에 쓰러졌다.

"아이구, 무서워라."

"글세, 그저께 최서방이 들어와 김문서 집에서 가져온 밥과 국을 다 먹고 부엌에 들어가 남은 쌀을 가지고 나간 채 들어오지 않아서 오늘까지 사흘째 굶었는가 봐요."

"글쎄 내가 그런 줄 알고 여기로 데리고 왔는 거 아니요. 돈벌이는 못하더라도 제사인가 상량식인가가 끝나면 좀 배부르게 얻어먹기나 할까 했더니……"

같이 일하던 여편네들은 눈물을 흘리며 서로 요란스럽게 떠들 뿐으로 누구 하나 그를 위해 변명하러 나서는 사람이 없었다.

"제(祭)에 쓸 음식에 입을 댄 까닭에 지신(也神)과 목신(木神)에게 벌을 받아……"

라고 하였다.

4장
멀리 간 동무

그래도 벌써 몇 년 전 일입니다.

우리 집 가까이 내가 참 좋아하는 동무 한 사람이 살고 있었습니다. 그의 이름은 응칠(應七)이라고 부르는데 나이는 그때 열두 살인 나와 동갑이었고 학교도 나와 한 반으로 오학년 일조였습니다. 이 응칠군이야말로 씩씩하고도 용기 있는 무척 좋은 동무였습니다.

응칠군의 아버지는 고기 장사를 하는데 사흘 만큼 한 번씩 열리는 장날마다 고기뭉치를 지고 가서 팝니다. 그의 어머니는 날마다 집에서 일을 하기도 하고 어떤 때는 남의 집에 가서 빨래도 해 주고 또 농사철에는 남의 밭도 매 주고 모두 심어 준답니다. 그리고 그의 동생은 열살 짜리 계집아이 순금이하고, 일곱 살 짜리 응팔이, 세 살 되는 응구하고 도합 셋이었는데 순금이는 날마다 노는 사이 없이 어머니 일을 거들어서 참 부지런한 것 같습니다마는 거의 날마다 그의 어머니에게 얻어맞고 담 모퉁이에서 울고 있었습니다.

응팔이는 응구를 업고 길가에 나와 놀다가 무거우면 그냥 땅바닥에 응구를 내려놓고 저는 저대로 놀고 있으면 응구는 코를 잴잴 흘리며 흙투성이가 되어 냅다 소리를 질러 울기를 잘 했습니다.

응칠이는 그래도 한 날도 빠지지 않고 학교에 잘 다녔습니다. 공부는 나보다 조금 나을까요, 평균점은 꼭 같이 갑(甲)이었으니까요.

응칠이는 마음도 좋고, 기운도 세고 한 까닭에 우리 반 생도뿐만 아니라 아무하고도 잘 놀았습니다. 아이들이 싸움을 하면 반드시 복판에 뛰어 들어 가서 커다란 소리로 웃기고 떠들고 하여 싸움 중재를 일수 잘해주기도 했습니다. 그러나 선생님에게는 거의 날마다 꾸지람을 받았습니다.

"왜 월사금을 가져오지 않느냐?"

"왜 습자지를 가지고 안 왔느냐?"

하고 벌을 서기도 자주였습니다.

그런데 어느 날 습자 시간이었습니다.

"응칠이는 왜 청서를 한 번도 내지 않느냐."

하는 선생님의 말소리에 습자 쓰느라고 쨱 소리 없이 엎드려 있던 우리 반 생도는 모두 일제히 응칠에게로 고개를 돌렸습니다. 응칠이는 신문지 조각에 글자를 쓰던 붓을 멈추고 아무 대답이 없었습니다.

"응칠이 너 이리 오너라."

선생님은 웬일인지 몹시 노해 계셨습니다.

응칠이는 교단 앞으로 나와서 고개를 숙이고 섰습니다.

"왜 너는 월사금도 벌써 반 년 치나 가져오지 않고, 잡기장도 습자지도, 도화용지도 아무것도 사지도 않고 학교에는 왜 다니느냐?"

하고 선생님이 꾸지람을 하셨습니다.

"아버지가 돈이 없다고 안 주어서요."

응칠이는 얼굴이 새빨갰습니다.

"왜 아버지가 돈이 없어? 네가 돈을 받아 가지고는 좋지 못한 데 써버리는 것이겠지."

"아닙니다."

"잡기장도 안 사 줄 리가 있나. 네가 정녕코 돈을 다른 데 써 버린 것이지."

"아닙니다."

"바른대로 말해."

선생님은 그만 응칠의 뺨을 한번 휘갈겼습니다.

"선생님 용서하십시오. 아버지가 안 사주어요."

응칠이는 뺨에다 손을 대고 금방 소리쳐 울 것 같이 보였습니다.

그때 나는 가슴이 터질 것 같이 두근거려지며 응칠이가 가엾어 못 견디겠었습니다.

그래서 그만 벌떡 일어나서

"선생님 정말 응칠이 집에는 돈이 없어요. 잡기장 사려고 돈을 달라면 학교에 못 가게 합니다. 응칠이 아버지는 돈이 없어 밥도 못 먹는다고 야단을 합디다."

하고 나도 모르게 크게 소리가 터져 나왔습니다.

"그래 너는 어떻게 아느냐."

하고 선생님이 나를 노려보셨습니다.

나는 가슴이 막히는 것 같았습니다. 처음 응칠이를 학교에 보낼 때는 응칠의 아버지도 돈벌이가 좋으셨는데 응칠이가 사 학년 때부터는 돈벌이가 조금도 없었으므로 그의 아버지는 응칠이도 학교를 그만두고 집에서 무슨 일이라도 하라고 했습니다.

그러므로 월사금이나 학용품을 사려고 돈을 달라면 가지 못하게 하여 학교에는 왜 자꾸 다니면서 돈을 달라느냐고 야단을 했습니다. 그래서 응칠이는 오학년에 오른 후로는 거의 돈 한 푼 아버지에게 얻어 보지 못했습니다.

돈을 달라면 학교에 못 가게 하고 돈 없이 월사금도 바치지 못하니 선생님이 꾸지람을 하시고 정말 응칠의 사정은 딱했습니다. 나는 이 모든 사정을 잘 알고 있었으므로 응칠이가 무척 가엾었습니다.

그러나 그 후 얼마 되지 않아서 응칠이는 그만 학교에 오지 않았습니다.

그런데 어느 날입니다. 그날도 나는 형님이 사다 주신 잡지책과, 그림책을 들고, 어서 응칠에게 갖다 보이려고 집을 나섰습니다. 막 대문을 나서 응칠이 집 가는 편으로 다섯 발자국도 못 걸어갔을 때 웬일입니까.

응칠이가 담 모퉁이에 붙어 서서 우리 집 대문을 엿보고 있지 않습니까. 나는 어떻게 반가운지

"너 우리 집에 놀러오는 길이냐?"

하고 곁으로 달려갔습니다.

"응!"

웬일인지 응칠이는 몹시 기운이 없어 보였습니다.

'요즈음은 저의 아버지가 아주 돈벌이를 못해서 밥을 못 먹나보다'하는 생각이 들었습니다. 그래서 나는 응칠이 어깨를 잡고 우리 집으로 가자고 끌었습니다.

"아니, 너의 집에는 안 간다."

응칠이는 나의 팔을 뿌리쳤습니다.

"왜 문간까지 와서 안 들어갈 테냐. 이것 봐라. 이것 형님이 사다 주신건데 너하고 같이 읽자꾸나."

"아니."

응칠이는 그렇게 좋아하는 잡지와 그림을 보고도 기뻐하지 않았습니다.

"나는 인제 너하고 같이 놀지 못한단다."

응칠이는 멍하니 서 있는 나를 바라보며 금방 울 것같이 말했습니다. 나는 응칠의 이 한 말에 깜짝 놀랐습니다. 얼마 전부터 만주로 돈벌이 간다고 하는 응칠의 아버지 말이 생각났습니다.

"너 만주 가니?"

응칠이는 대답 대신 머리를 끄덕였습니다.

"아니 만주에는 마적이 많아서 사람을 막 죽인다는데, 얘야 가지 마라."

하고 나는 응칠에게 다가섰습니다.

"내 맘대로 할 수 있나. 우리 아버지가 기어이 가신다는데 머……"

"그러면 언제 가니?"

"오늘 저녁에 간단다."

나는 어떻게 했으면 좋을지 몰랐습니다. 어느 사이엔지 우리들은 어깨동무를 해 가지고 느껴 울고 있었습니다. 울면서 걸어온 것이 응칠의 집 앞이었습니다. 다 - 찌그러져가는 그의 집 방 안에는 시커먼 커 - 다란 보퉁이 한 개가 놓여 있고 건넌방에 곁방살이하는 순덕이네 방에는 응칠의 집식구가 모두 둘러 앉아 밥을 먹고 있었습니다.

"응칠아. 너 어디 갔다 오냐. 어서 밥을 먹어야 가지."

하는 순덕이 어머니의 얼굴을 바라본 나는, 눈물이 자꾸 더 흘러내렸습니다.

"인제 이 집은 순덕이네 집이 됐단다. 우리가 간다고 순덕이네 집에서 밥을 했다나."

하고 응칠이는 삽짝에 붙어 섰습니다.

"어서 들어가거라."

"잘 있어라. 나는 밥 먹고 곧 간단다."

하고 응칠이는 순덕이네 방으로 들어갔습니다. 나는 얼른 눈물을 씻고 집으로 달려와서 어머니를 보고 응칠의 이야기를 했습니다. 그리고 돈을 좀 주어서 응칠의 아버지가 만주에 가지 않더라도 돈벌이 할 수 있도록 하자고 떼를 써 보았습니다마는, 어머니에게 무척 꾸지람만 듣고 집을 쫓겨났습니다.

나는 하는 수 없이 정거장 가는 길인 서문거리에서 응칠이 집 사람이 오기를 기다렸습니다. 이윽고 커다란 짐을 진 응칠이 아버지와, 응구를 업은 어머니, 아무것도 가지지 않은 응팔이, 보퉁이를 들린 순금이, 또 조그만 궤짝을 걸머진 응칠이가 순덕 어머니 아버지와 함께 걸어갔습니다.

"너 여기서 뭐하니? 잘 있거라. 인제 언제나 또 만나게 되니."

하며 제일 앞선 응칠이의 어머니가 나를 보고 말했습니다. 나도 제일 뒤에 떨어져 가는 응칠이의 뒤를 따라 걸었습니다.

"어서 돈벌이하거든 돌아오너라. 또 같이 학교에 다니게, 응?"

하며 나는 응칠이가 짊어진 궤를 만졌습니다.

"이 궤 속에는 내 책이 들어 있단다. 만주 가서도 틈만 있으면 공부할 터이다."

하고 응칠이는 힘있게 말했습니다. 나도 가슴속으로 어서 공부를 해서 훌륭한 사람이 되어 응칠이와 다시 만나게 될 터이다 하고 굳게 결심했습니다.

"자, 그만 들어가소."

벌써 서문 고개를 넘었으므로 응칠이의 아버지는 돌아서 순덕이네를 보고 하직했습니다.

"그러면 잘들 가소. 죽지만 않으면 다시 만나리 -"

순덕이네 엄마는 그만 울어버렸습니다.

나도 응칠이의 목을 안고 터져 오르는 울음소리를 억지로 참으며 느껴 울었습니다. 응칠이도 커다란 눈에 눈물이 고였습니다.

나는 가슴이 터져 나가는 것 같이 아팠습니다. 그래서 서로 목을 안은 채 참다 못해 소리쳐 울고 말았습니다.

응칠이 아버지는 나의 어깨를 쓰다듬으며 달래 주셨습니다. 그의 눈에도 눈물이 고여 흐르고 있었습니다.

"…… 울지 말고 어서 돌아가거라."

하며 응칠이의 팔을 잡아 끌었습니다.

나는 발버둥을 치며 웅칠이의 뒤를 따르려 했으나 순덕이 어머니가 나를 꼭 붙잡고 놓지 않았습니다.

한 걸음, 한 걸음 우리의 사이는 멀어져 갔습니다.

5장
나의 어머니

1

XX 청년회 회관을 건축하기 위하여 회원끼리 소인극(素人劇)을 하게 되었다. 문예부(文藝部)에 책임을 지고 있는 나는 이번 연극에도 물론 책임을 지지 않을 수가 없게 되었다.

시골인 만큼 여배우(女俳優)가 끼면 인기를 많이 끌 수가 있다고들 생각 한 청년회 간부들은 여자인 내가 연극에 대한 책임을 질 것 같으면 다른 여자들 끌어내기가 편리하다고 기어이 나에게 전 책임을 맡기고야 만다. 그러나 나의 소임은 출연할 여배우를 꾀어 들이는 것이 가장 중한 것이었다.

그러나 아직 '트레머리'가 사·오인에 불과하는 이 시골이라 아무리 끌어내어도 남자들과 같이 연극을 하기는 죽기보담 더 부끄러워서 못 하겠다는 둥, 또는 해도 관계없지만 부모가 야단을 하는 까닭에 못하겠다는 등 온갖 이유가 다 - 많아서 결국은 여자라고는 아 - 무도 출연(出演)할 사람이 없이 되고 부득이 남자들끼리 하는 수밖에 없었다. 그래서 우리들은 밤마다 밤마다 XX 학교 빈 교실을 빌려서 연극 연습을 시작하게 되었다.

연습을 시키고 있는 나는 아직 예전 그대로의 완고한 시골인 만큼 '일반에게 비난을 받지나 않을까……?' 하는 여러 가지로 완고한 시골에서 신여성(新女性)들의 취하기 어려운 행동에 대한 고려를 하지 않을 수 없어서 다른 위원들과 같이 여러 번 토론도 하여 보았으나 내가 없으면 연극을 하지 못 하게 되는 수밖에 없다는 다른 위원들의 간청도 있어서 나는 끝까지 주저 하면서도 끝까지 일을 보는 수밖에 없었다.

오늘은 그 공연(公演)을 이틀 앞둔 날이다. 학교 사무실 시계가 열한 시를치는 소리를 듣고야 우리는 연습을 그쳤다.

딸자식은 의례히 시집갈 때까지 친정에서 먹여주는 것이 예부터 해오던 습관 이 라면 나도 아직 시집가지 않은 어머니의 한낱 딸이니 놀고 먹어도 아무렇지도 않을 것이언마는 오빠 XX 사건으로 감옥에 들어가고 보통학교 교원으로 있던 내가 여자 청년회를 조직하였다는 이유로 학교 당국으로부터 일조에 권고사직(勸告辭職)을 당하고 나서는 그대로 할 일이 없으니 부득이 놀 수밖에 없이 되었다. 그래서 날마다 먹고는 식구가 단촐한 얼마 안 되는 집안 일이 끝나면 우리 어머니의 말씀마따나 빈둥빈둥 놀아댄다. 어떤 때는 회관에도 나가고 또 어떤 때는 가까운 곳으로 다니며 여성단체(女性團體)를 조직하기에 애를 쓰기도 하고 그렇지 않으면 하루 종일 또는 밤이 새도록 책상 앞에서 책과 씨름을 하는 것뿐이다. 한 푼도 벌어들이지는 못하지 마는 어쩐지 나는 나대로 조금도 놀지 않는 것 같기도 하였다. 그러나 우리 어머니는 종종

"아까운 재주를 놀리기만 하면 어쩌느냐!"

고 벌이 없는 것을 한탄하시기도 한다. 벌이를 하지 않으면 아까운 재주가 쓸데없는 것이라는 것이 우리 어머니의 생각이다. 그러면 나는

"아이구 바빠 죽겠는데……"

하고 딴청을 들이댄다.

"쓸데없이 남의 일만 하고 다니면서 바쁘기는 무엇이 바빠!"

하며 나를 빈정대신다.

내가 밤낮 남의 일만 하고 다니는지 또는 내 할 일을 내가 하고 다니는지 그것은 둘째로 하고라도 나의 거동(擧動)은 언제든지 놀고 있는 것 같아 보이는 것도 무리가 아니라고 생각되었다.

오늘은 XX에서

"여자 XX 회를 발기(發起)하니 와서 도와다오……"

하니 거절할 수 없고 - 또 오늘은 또 XX 가 저의 집이 조용하다니 그 곳에도 가서 하려던 얘기를 해 주어야겠고 - 오늘은 또 XX 회로 모이는 날이니, 내가 빠지면 아니 될 것 -, 동무가 보내준 책이 몇 권이나 있는데 그것도 읽어야겠고 - 여러 곳에서 편지가 왔으니 꼭 답을 해 주어야겠고, 이 것이 모두 나에게는 못 견딜 만치 바쁘고 모두가 해야만 할 일같이 생각 된다. 그러나 남의 눈에는 한 푼도 수입이 없으니 나는 날마다 놀기만 하는 것 같이 보이는 것이 무리가 아니다. 더욱이 우리 어머니 어머니에게는……

2

하루나 이틀이 아니고 몇 해든지 자꾸 나 혼자만 바쁘고 남의 눈에는 아까운 재주를 놀리기만 하면서 먹기가 좀 어색하게 생각되지 않을 수가 없었다.

열일곱 살 때부터 교원으로서 얼마 안 되는 월급이나마 받아서 꼭꼭 어머니 살림에 보태어 드릴 때는 내 마음대로 무슨 일이든지 하고 싶은 대로 했었고 또 마음으로는 하고 싶어도 그만 참고 있으면 어머니가 척척 다 - 해주시기도 했었다. 말하자면 어머니는 어떻게든지 내 마음에 맞도록 해 주시려고 애를 쓰시던 것이었다.

그러나 이제는 의례 해야 할 말도 하기가 미안하고 아무리 마음에 맞지 않는 것이라도 불평을 말할 수가 없어졌다. 심지어 몸이 아플 때도 어디가 아프다는 말조차 하기가 미안하여진다.

병원! 약갑! 이것이 연상되는 까닭이다. 그리고 때때로

"사람이 오륙인 씩이나 모두 장정의 밥을 먹으면서 일년 내내 한 푼도 벌이라고는 하는 인간이 없구나!"

하며 어머니의 얼굴이 좋지 않아지면 나는 말할 수 없는 미안스러움과 죄송스러운 감정에 북받치고 만다. 그

러면서도 어머니가 너무 심하게 구시면 어떤 때는

"아이구 어머니도 내가 벌지 않으면 굶어 죽는가베. 아직은 그래도 먹을것이 있는데!"

하는 야속스런 생각도 난다. 그러나 이 생각도 감옥에 들어 계시는 오빠를 위하여 차입을 한다. 사식을 댄다, 바득바득 애를 쓰는 어머니 모양을 생각 하면 그만 가슴이 어두워지고 만다.

오늘도 집으로 돌아오는 길에서

"대문이 닫혔으면 어떻게 하나. 어머니가 아직 주무시지 않으시어질까!"

하는 걱정과 함께

"지금 나에게도 무슨 돈이 월급처럼 꼭꼭 나오는 데가 있었으면……"

하는 엉터리없는 공상을 하기도 하였다. 가라앉지 않는 뒤숭숭한 가슴으로 조심 히 대문을 밀었다. 의외로 대문은 소리 없이 열리었다.

"옳다, 되었다."

나는 소리 없이 살며시 - 대문 안에 들어서서 도적놈처럼 안방 동정을 살피었다. 안방에는 등잔불이 감스

릿하게 낮추어 있었다.

"어머니가 벌써 주무시는구나……"

하는 반갑고 안심되는 생각에 갑자기 가벼워진 몸으로 가만히 대문을 잠그고 들어서려니까 안방 창문에 거무스름한 어머니 그림자가 마치 지나 가는 구름처럼 어른 하더니 재떨이에 담뱃대를 함부로 탁탁 쎄리는 소리와 함께 길-게 한숨을 하더니

"아이구 얘야, 글쎄 지금이 어느 때냐?"

하는 어머니의 꾸지람이라기보다는 앓는 소리가 흘러 나왔다.

'아이구 어머니 아직 안 주무셨구나'는 생각이 번뜩 하자 나도 떨리는 한숨이 길게 나왔다. 방문 열고 들어서는 한숨이 아직 이불도 펴지 않고 어머니는 밀창 앞에 쪼그리고 앉아서 지금까지 애꿎은 담배만 피우며 나를 기다리신 모양이다.

무겁던 가슴이 뜨끔! 하여졌다. 이러한 경우는 교원을 그만두게 된 후로는 수없이 당하는 것이지만 그래도 그대로 들어가 모르는 척 하고 누워 잘 수는 없었다.

그렇다고 내 가슴에 받치어 그대로 엉엉 마음 풀릴 때까지 울지도 못할 것이다.

나는 문턱에 걸치고 들여다보던 반신(半身)을 막 방 안에 들여놓으며 어머니 앞에 털컥 주저앉아서 하하 웃었다. 그러나 그 순간 뒤에 나는 울고 싶으리만치 괴로웠다. 내가 바라보는 어머니의 표정은 너무도 침울하였던 까닭이다.

"이런...... 어머니 어디 갔다 오셨어요? 벌써 열 시가 되어 오는데......"

나는 열두 시가 가까워 오는 것을, 다행히 조금이라도 어머니의 노기를 덜고자 일부러 열 시라고 했다.

물끄러미 등잔만 쳐다보던 거칠어진 어머니의 얼굴에 두 눈이 휘둥그레지며

"열 시?"

하며 나에게 반문하였다. 나는 또 가슴이 뜨끔하여졌다.

"열 시? 열 시가 무엇이냐? 열 시? 열 시라니! 열한시 친지가 언제라고....... 벌써 닭 울 때가 되었단다."

나직하게 목을 빼어 어안이 막힌다는 듯이 나를 바라보며 핀잔을 주기 시작하였다.

나는 그만 온몸의 피가 뜨거워지는 것 같더니 그 피가 임제히 머리를 향하여 달음질쳐서 올라오는 것 같아

서 진작 입이 떨어지지를 않았다.

"글쎄 지금이 어느 때라고! 네가 미쳤니? 지금까지 어디를 갔다 오노 말이다."

그 말소리는 어머니다운 애정과 애달픔과 노여움이 한데 엉킨 일종 처참한 음조에 떨리는 그것이었다.

3

어리광으로 어머니의 노기를 풀려고 하하 웃고 시작한 나는 어머니의 이 말소리에 몸을 어떻게 지탱할 수가 없어서 벌떡 일어나 책상에다 머리를 내어 던지며 주저앉았다.

"남 부끄러운 줄도 어쩌면 그렇게도 모르니? 이 밤중에 어디를 갔다 오느냐 말이다. 네가 지금 몇 살이니? 응 차라리 나를 이 자리에서 당장 죽여나주든지!"

"가기는 어디를 가요? 연극 연습 한다고 그러지 않았어요? 거기 갔었어요!"

나의 이 대답에 어머니는 기가 막힌다는 듯이 입을 벌린 그대로 얼굴이 틀어졌다.

"연극하는 데라니? 아이그 이 애 좀 보게. 그곳이 글쎄 네가 갈 데냐! 아무리 상것의 소생이라도 계집애가 그런데 가는 것을 본 적이 있니? 모이는 자식들이란 모두 제 아비 제 어미는 모른다 하고 사회니 지랄이니 하고 쫓아다니는 천하 상놈들만 벅적이는데……"

"어머니 잘못했어요. 남의 말은 하면 무엇해요. 저도 잘 알고 있지 않습니까! 그만 주무세요."

나는 덮어놓고 어머니를 재우려 했다. 나는 어찌하든지 어머니와는 도무지 말다툼을 하지 않으려 했다. 아무리 설명을 하고 이해를 시켜도 점점 어머니의 노기만 더할 뿐인 것을 나는 잘 안다. 이따금 어머니가 심심 하실 때에 이야기를 하라고 하시면 옛 이야기 끝에

"성인(聖人)도 시속을 따르란 말이 있지요."

하며 이야기 꼬리를 멀리 돌려서 나의 입장과 행동을 변명도 하고 될 수 있는 정도까지 어머니를 깨우려고 애를 쓴다. 그러면 그때는 나에게 감복 이나한 듯이

"너는 어떻게 그런 유식한 것을 다 아느냐?"

하고 엄청나게 감복하시며 기특하고도 귀엽다는 듯이 바라보신다. 그때만은 나도 어머니의 따뜻한 사랑 속에서 숨을 쉬이는 듯한 행복을 느낀다.

그러나 그것도 잠깐이다. 나면서부터 완고한 옛 도덕과 인습에 푹 싸인 어머니이라 그만 씻어 버린 듯이 잊어

버리고 다시 자기의 주관으로 들어간다. 그런 까닭에 나는 어머니와는 입다툼은 하지 않는다. 억지로 라도 어머니를 누워 재우려고 겨우 책상에서 머리를 들었다.

"아이그 어머니! 글쎄 그만 주무세요. 정 그렇게 제가 잘못했거든 내일 아침이 또 있지 않아요? 그만 주무세요, 네?"

어머니는 홱 돌아 앉아 담배만 자꾸 피우신다. 그 입술은 여전히 노여움에 떨리고 있었다.

"어머니 잘못했어요. 참 잘못했습니다. 잘못한 것만 야단을 하시면 어떻게 해요. 이제부터 그리지 말라고 하셨으면 그만이지! 에로나! 주무세요. 왜 저를 사내자식으로 낳으시지 않으셨어요. 이렇게 잠도 못 주무시고 하실 것이 있습니까?"

억지로 어리광을 피우는 내 눈에는 눈물이 펜 - 돌았다. 나는 얼른 닦아 감추려 하였으나 차디찬 널빤지 위에서 끝없이 떨고 있을 오빠의 쓰린 생각이 문득 나며 덩달아 솟아오르는 눈물을 걷잡을 수가 없었다.

"어머니! 참 우스워 죽을 뻔 했어요. 이 주사 아들이 여자가 되어서 꼭 여자처럼 어떻게 잘하는지 우스워서 뱃살이 곧을 뻔 했어요. 모레부터는 돈 받고 연극을 합니다. 그때는 저녁마다 어머니는 공 구경을 시켜 드리겠습니다. 참 잘해요."

아무리 나는 애를 써도 어머니의 노기는 풀리지도 않았다. 오히려 점점 노기가 높아가는 것 같았다.

4

어머니 무릎에 손을 걸었다.

"글쎄 왜 이러느냐 내야 잘 때 되면 어련히 잘라구…… 보기 싫다. 내 눈 앞에서 없어져라. 계집아이가 무슨 이유로 남자들과 같이 야단이냐. 이런 기막힐 창피한 꼴이 또 어디 있어."

어머니가 어디까든지 늦게 온 나를 이상하게 의심하여 자기 마음대로 기막힌 상상을 하여 가며 나를 더럽게 말하는 것이 말할 수 없이 가슴이 터져 오르나 그래도 이를 바둑바둑 갈면서

"어머니 잡시다!"

하고 떨치는 손을 다시 어머니의 무릎에 걸었다.

"내 팔자가 사나우려니까 천하제일이라고 칭찬이 비오듯 하던 자식들이…… 아이구 내 팔자도…… 너 보는데 좋다 좋다하니 내내 그러는 줄 아니? 그래도 제 집에

돌아가면 다 욕한단다. 네 오라비도 그렇게 열이 나게들 쫓아다니고 어쩌고 하더니 한번 잡혀간 뒤로는 그만이더구나. 너도 또 추켜내다가 네 오라비처럼 감옥 속에나 보내지 별 수 있을 줄 아니?"

나는 그만 도로 책상에 엎드렸다. 자신의 편함과 혈육(血肉)을 사랑 하는 것 밖에 아무것도 모르고 도덕과 인습에 사무친 저 어머니의 자기의 생명 같이 키워 놓은 단 두 오누이(男妹[남매])로 말미암아 오늘에 받는 그 고통을 생각 할 때 나는 가슴이 다시금 찌들하고 쓰려졌다.

"저 어머니가 무엇을 알리? 차라리 꾸지람이라도 실컷 들어두자."

하는 가엾은 생각에 죽은 듯이 엎드려 있었다.

방안에 공기가 쌀쌀하게도 움직이더니 납을 녹여 붓듯이 무겁게 가라 앉는다.

"이애 밥 안 먹겠니?"

어머니의 노기는 한없이 올라가다가도 풀리기도 잘 한다. 그것은 마음이 약하신 어머니는 모든 짜증과 괴롬에 문득 속이 상하시다가도 그 속풀이를 하는 곳이 언제든지 얼토당토않은데 마주치고 만 것을 스스로 깨달으면 곧 눈물로 변해서 사라지고 만다.

언제든지 밤참을 꼭꼭 잡수시는 어머니다. 내가 돌아오기를 기다려 지금까지 잡숫지 않은 모양이다. 나는 새삼스럽게 가슴이 차게 놀랐다. 갑자기 어떻게 대답을 해야 좋을지를 몰랐다.

"안 먹겠어요."

연극연습을 하던 때는 어느 정도까지 시장함을 느꼈었으나 지금은 모가지까지 무엇이 꼭 찬 것 같았다. 뒤미쳐

"먹지 않어? 왜 안 먹어!"

어머니는 조금 불쾌한 어조로 다시 권하셨다. 잇따라 숟가락이 놋쇠 그릇에 칼칼스럽게 마주치는 소리가 났다. 얼마 후에 또 다시

"이애 밥 먹어라. 네 오라비는 저렇게 떨고 있으련마는 그래도 나는 이렇게, 나는 먹는다. 저 나오는 것을 보고 죽을려고……"

목 메인 한숨과 함께 숟가락을 집어 던진다. 나는 지금까지 참았던 울음이 와락 치받쳐 전신이 흔들렸다.

이윽고 다시 담배를 넣기 시작하시던 어머니가 지금까지의 것은 모두 잊어버린 것 같은 부드러운 말소리로 다시 권하셨다.

"배고프지! 좀 먹으렴."

나는 감격에 받쳐 다시 가슴 찌르르 하여졌다. 나 까닭에 썩는 속을 오빠를 생각하여 눌러버리고 오빠를 생각하여 애끊는 장을 그나마 조금 편히 곁에 앉힌 나를 위하여 억제하려는 가슴은, 어머니 나는 그 어머니의 가슴을 잘 안다. 그 괴로움을 숨 쉴 때마다 느낀다.

기어이 몸은 일으켜 다만 한 숟가락이라도 먹어 보이고 싶으리만치 내 감정은 서글펐다.

천천히 마루로 나가시는 어머니가 얼마 후에 손에 식혜 한 그릇을 떠 가지고 들어오셔서 내 옆에 갖다 놓으시며

"밥 먹기 싫거든 이거나 좀 먹어라."

나는 가슴이 터져라! 하고 큰소리로 외치고 싶었다.

가엾은 어머니! 가엾은 딸! 담배 한 대를 또 피우고 난 어머니는 허리를 재이며 자리로 누우셨다. 내가 이 식혜를 먹지 않으면 어머니 속이 얼마나 아프시랴! 오빠 생각에 넘어가지 않는 음식이라 또 내가 먹지 않을까 해서 일부러 많이 먹는 척 하시는 가엾은 어머니가 얼마나 슬퍼하실까?

나는 한 입에다 그 감주를 죄다 삼켜 버리고 크게

웃어서 어머니를 안심 하시게 하고 싶은 감정에 꽉 찼으나 전신은 물과 같이 여물어졌다.

석유(石油)가 닳을까 하여 잔불을 끄고 자리에 누웠다. 이웃집 시계가 새로 한 시를 땡! 쳤다.

어머니가 후 - 한숨을 쉬셨다.

"아! 어머니! 가엾은 어머니. 어머니의 속을 알지 못하고 야속한 어머니로만 여기는 줄 아시고 그다지 괴로워하십니까. 이 몸을 어머니가 말씀 하신 그 김(金)가에게 바치어 기뻐하는 어머니의 얼굴을 잠시라도 보고 싶을 만치 이 딸의 가슴은 죄송함에 떨고 있습니다. 어떻게 하면 이 세상에서 어머니를 마음 편케 모실 수가 있을까요! 내가 사랑하는 장래 나의 남편이 되기를 어머니 모르게 허락한 XX -. 그도 나와 같은 울음을 우는 불행과 저주에 헤매는 가난한 신세이외다. 그러면 나는 무엇으로 어머니를 편케 할까 요! 그러나 나의 어머니여 나는 어머니가 좋아하시는 김가에게도 이 몸을 바치지 않을 것입니다. 또 내일 밤도 빠지지 않고 가야 합니다.

"가엾은 나의 어머니여."

6장

소독부

이 마을 이름은 모두 돈들뺑이라고 이른다. 신작로에서 바라보면 넓은 들 가운데 백여 호 되는 초가집이 따닥따닥 들러붙어 있는데 특별히 눈에 뜨이는 것은 마을 앞에 있는 샘터에 구부러지고 비꼬아져서 제법 멋들어지게 서있는 향나무 몇 폭이다.

마을에서 신작로길로 나오려면 이 멋들어진 향나무가 서 있는 샘터를 왼 편으로 끼고 돌아 나오게 되는데 요즘은 일기가 제법 따뜻해진 봄철이라 향나무 잎사귀들이 유달리 푸른빛이 진해 보인다.

마을 사람들은 이 샘이 아니면 먹을 물이라고는 한 모금 솟아나는 집이 없으므로 언제나 이 샘터에는 사람이 빈틈이 없고 더구나 요즈음은 경루보다 더 옥신각신 복잡하다.

이 샘터에 나오는 사람은 거의 모두 여인들인데 요즈음같이 따뜻한 봄철에는 붉고, 푸르고 노란 색저고리를 입은 각시 처녀 어린 계집아이들이 훨씬 늘어가는 듯하다. 겨울 추울 때 같으면 물이나 길어 재빠르게들 돌아갈 것을 요즈음은 공연스리 해해해 쫑알거리느라고 샘터 어귀를 시끄럽게 하여 검푸른 향나무 가지 사이로 온갖 색저고리 빛을 어른거리게 하여 길가는 짓궂은 남정네들의 춘흥을 자아내주는 풍경이 되고 있다.

그런데 오늘도 기나긴 하루 해 동안 무색 저고리가 끊일 사이 없더니 이 제 햇발이 서쪽 산 저편 땅바닥까지 쑥 넘어가 떨어진 지도 한 담배 참이나 되자 겨우 샘터는 말갛게 보여 졌다. 그래서 온종일 시달리던 샘터가 이제부터는 내일 새벽까지 숨을 내쉬리, 라고 생각되었더니 어디서 총총 발걸음 소리가 나며 '퐁'하고 두레박을 샘 속에 떨어뜨렸다.

샘물은 내쉬든 숨을 놀란 듯 채 걷기도 전에 두레박을 따라 조그마한 물동이 속으로 주루룩 부어졌다.

또 한번 '퐁'하는 소리가 샘 속에 울리며 연해 주루룩 주루룩 물동이는 찼다.

"보자! 아이구나. 가뜩하네. 혼자 일 수 있을까 모르겠네."

어둠 속에서 혼자 종알거리며 분홍 저고리 입은 어린 색시는 물동이와 씨름을 시작하였다.

그는 한참 간심을 주다가 물동이를 들어 샘터에 올려놓고 납작 몸을 굽히고 앉아 또아리 얹은 머리를 샘턱 아래 밀어 넣으며 두 손으로 물동이를 머리 위로 옮기려고 조심조심 애를 썼다.

"에이구 한번만 길고 말까 했더니 또 한번 더 길어야겠구나."

라고 뾰루퉁한 소리로 종알거리며 다시 일어서 동이의 물을 절반이나 주루룩 부어버린 후 이제는 쉽사리 건 듯 머리 위에 올려놓았다.

"아이구 젠장 또 너무 부어버렸구나."

하고 그는 다시 물동이를 내려놓고

'퐁'하고 또 한 두레박 길어서 동이에 부어가지고

"보자 이번은 좀 많지나 않을까."

하고 동이를 들어 가까스로 머리에 얹어놓자 머리 위에 놓였던 또아리가 뒤로 슬쩍 떨어지고 말았다.

"아이고 참 원수다. 도둑년의 또아리."

하고 아주 골이 난 듯 혀를 쪽쪽 찼다.

"아무도 물 길러오지도 않노."

그는 속이 상해 못 견디겠다는 듯 다시 동이를 내려놓으려 하자 동이는 건뜻 하늘로 올라갔다.

"아이고 아이고."

그는 기겁을 하며 동이 꼭지를 꼭 잡고 하늘로 올라가는 동이를 따라 벌떡 일어섰다.

"요까짓 이지 못하면서……"

굵다란 사나이의 음성이 바로 머리 위에서 들렸다.

"아이구 놀래라. 누구라고……"

색시는 동이 꼭지를 놓고 한걸음 물러서며 그렇게 쉽사리 물동이를 머리 위로 건뜻 집어얹고 서 있는 사나이를 놀란 듯 바라보며 떨어진 또아리를 주워 머리 위에 놓으며

"이리 이여 주세요."

하며 몸을 다시 앞으로 굽혔다.

"아이 글쎄 이까짓 걸 혼자 못 여서 깽깽거려? 저 - 리 물러나. 내 하나 가득 길어다 갖다 줄께."

하며 사나이는 동이를 내려놓고 가득 물을 채웠다.

"아이고 난 싫어요. 내가 이고 갈 터이야."

색시는 동이를 잡아당기듯 하며 자기 힘에 알맞은

만치 찔끔 물을 쏟았다.

"에 - 왜 쏟나?"

사나이는 와락 동이를 빼앗아 제 뒤로 옮기고 동이를 잡으려는 색시의 두 팔을 꽉 잡았다.

"네가 나를 죽이려느냐"

사나이는 어느 결에 색시의 어깨를 그 넓고 굳센 가슴 안에 파묻고 말았다.

"아이구 아이구."

색시는 기를 쓰며 두 팔을 뻗대고 두 발을 동동거리며 발악을 했다.

"그러지 말어, 너 때문에 나 죽는 줄 모르니."

힘찬 사나이는 한 손으로 색시의 어깨를 휩싸 안고 한 손은 색시의 온몸을 남김없이 정복하려 들었다.

"아이구 엄마! 엄마야 도둑놈 아이구."

색시는 숨이 막힐 듯 기를 썼다.

"떠들지 마라. 오늘밤에야 설마…… 나는 네가 이렇게 좋은데 너는 왜 몰라주니."

사나이는 색시를 건뜻 안아다가 향나무 아래 놓인 커다란 바위에다 걸쳐 누이고 한 손으로 입을 틀어막고 미친 듯 날뛰었다.

"네 나이 열다섯이나 먹었으니 인제는 내 속도 알아주어야지. 그까짓 네 서방 놈이야 내가 단 주먹에 때려죽여 버리지."

사나이는 연방 색시의 귀에다 가뿐 입김으로 속삭였으나 색시는 두 손과 발로 죽을 힘을 다하여 되는대로 꼬집고 박찼다.

"에익 물은 반동이도 못 이면서 나를 꼬집을 때는……"

하고 후 - 한숨을 내쉬고 일어서며 색시를 꼭 잡고

"내 말을 들어라. 내가 잘못했다. 네가 하도 내 간장을 녹이기만 하니 나는 참을 수가 없어 이렇게 너를 괴롭게 한 것이 아니냐……"

하는 사나이의 음성은 떨리며 색시를 잡은 손은 축 늘어뜨리며 간장이 녹는듯 느꼈다.

"나도 당신 맘은 다 - 알지마는 할 수 없는 것을 어떻게 해요. 그런 말은 말어요."

색시는 싹 돌아서며 물동이를 찾았다.

"이리 봐. 내 말 조금 들어. 글쎄 나는 아무래도 죽겠다. 꼭 한번만 내 말을 들어 주어도 내가 이 지경은 아니 될 것이 아니냐. 너도 보듯이 이렇게 내가 속을 태우다가는 아무래도 죽지 살지는 못하겠다. 그렇다고 내 맘대로 너를 실컷 어떻게라도 하고나면 모르겠다마는 네가 마음 좋게 내 맘과 맞아서 그런다면야 꼭 한 시간만이라도 맘이 풀리겠다마는 네가 자꾸 이렇게 내 말을 안 들으니 아무래도 나는 죽겠다."

사나이는 바위 위에 힘없이 걸터 앉으며 색시를 무리로 잡으려고 하지 않고 혼잣말같이 중얼거렸다.

"글쎄요. 나도 당신이 싫어서 그러나요. 당신이 좋기는 하지마는 그래도 나는 시집온 사람인데 어떻게 당신 말을 듣나요. 우리 집에서 알아보세요. 당장에 나 죽고 당신 죽지……"

색시는 울 듯 사나이에게 반항한 것도 자기는 남편이 있는 까닭이라고 변명하 듯 말하였다.

"글쎄 말이야. 너의 집에서 그렇게 쉬이 너를 시집보낼 줄이야. 어떻게 알았겠니. 나는 네가 열대여섯 되면…… 하고 침을 찍어놓고 있었더니 열네 살 먹은 너를 부랴부랴 최가 놈에게 치워버릴 줄 꿈엔들 생각했겠니. 나도 너를 잊어버리고 장가나 갔으면 좋겠지만 어디 밤낮 눈으로 내 눈을 보고 있으니 다른데 장가 들 생각이 나야 말이지……"

사나이는 고개를 내려뜨리고 한숨을 지었다.

"그러지 말고 다른데 장가드세요. 나 때문에 당신이 죽게 된다면 나는 내가 먼저 죽어버릴 테야."

색시도 치맛자락으로 눈을 씻으며 음성이 떨렸다.

"아 - 너 우는구나. 울지 마라. 내 간장이 더 녹는다. 공연히 내가 그랬지. 나도 오죽해서 무작스럽게 달려들었겠니. 참 잘못했다. 요즈음은 왜 그런지 자꾸만 너를 꽉 껴안고 맘대로 실컷 막 부비여주고만 싶구나. 그래서 이제도 무작스럽게 대들었지. 용서해라. 잘못했다. 다시는 안 그러마. 나는 이대로 돌아가면 네가 최서방하고 이 밤에 한 방에서 안고 누워 잘 것을 생각하면 밤새도록 한잠을 못 자고 울기도 하고 화가 나서 궁글 기도 한단다. 어떻게 해서든지 마음을 들려 꼭 한번만 내 마음을 풀어다구 - 응."

사나이는 색시에게로 가까이 가서 그 수그린 어깨를 가만히 흔들었다.

"……"

색시는 고개만 끄덕여 보이고 눈물을 뚝뚝 떨어뜨렸다.

"아……아."

사나이는 참지 못하여 색시를 다시금 꼭 안았다.

"가야지……"

이윽고 색시는 고개를 들었다. 사나이는 색시는 놓고 물동이를 건뜻 들고 앞서며

"너의 집 앞까지 들어다 줄게……"

하며 걷기 시작하였다.

색시는 한 손에 두레박 한 손에 또아리를 들고 사나이의 뒤를 따라 샘터를 떠났다.

애끓는 사랑의 한 막 비극이 멋들어진 향나무 선 샘터 풍경 속에 새겨졌다.

"물 이러 가서 웬걸 그리 오래 있었노."

색시가 사나이에게 물동이를 받아오고 집으로 돌아오자 그의 남편 최 서방은 꼬든 새끼를 밀쳐놓으며 말을 건넸다.

"……"

색시는 잠자코 부엌으로 들어가서

"이 좀 내려주소."

하고 방을 향해 말하였다.

"오 -."

최서방은 얼른 일어나서 와 동이를 받아내려 부뚜막 위에 놓고

"가뜩 하구나. 어두운데 웬 물을 이렇게 많이 였어?

하고는 다시 방으로 들어갔다. 색시는 덩달아 따라 들어가 콩낱만 한 등잔불이 꺼질까 살며시 윗목에 주저앉았다.

"내일 아침은 일찍 해야 되니 그만 잘까."

최서방은 슬그머니 아랫목에 가 비스듬히 누웠다. 색시는 꼬든 새끼를 뭉쳐 놓은 후 빗자루로 방 안을 대강 쓸어 놓고 난 후

"불 끌까요."

하고 남편을 바라보았다.

"그래 끄고 자지."

하며 싱긋이 웃는다. 색시는 불을 끄려고 입술을 오므렸다 말고

"내 바느질할 게 있는데……"

하며 벌떡 일어섰다. 색시는 남편의 그 웃음이 무엇을 의미하는 것이며 또 얼마나 자기의 고통이 됨을 잘 아는 까닭에 일부러 불을 끄지 않으려는 것 이었다.

"바느질은 무슨 오라질 바느질이야. 다 - 그만두고 일찍 자지."

하며 허리를 숙이어 '훅' 하고 불을 꺼버렸다.

"왜 그리고 앉았소. 어서 와서 자지는 않고. 어서 이리와."

최서방은 팔을 휘휘 내저어 어둠 속에서 색시의 치맛자락을 잡아 끌어갔다.

색시는 지난해 봄 지금으로부터 꼭 일 년 전인 삼월달에 열네 살의 어린나이로 시집을 왔다. 키가 유달리 숙성하여 나이는 열네 살이라도 그리 꼬마 색시로는 보이지 않으나 그래도 분홍 인조견 저고리에 검정을 드린 당목 치마를 입은 허리는 한 줌이나 되어 보이며 두 귓볼이 상큼한 맛이 말할 수 없이 어려 보였다. 그는 최서방에게 시집오던 날부터 무섭고 괴롭고 하여울며 이를 갈면서도 시집오면 으레이 그런 것으로만 알고 조금도 반항 하지 않고 꼬박꼬박 아내 노릇을 하여 왔다.

스물일곱 살인 최서방의 무시무시한 성욕을 반항 없이 받아오는 색시의 가슴속은 최서방이 무섭고 다 - 만 키 크다고 시집보내준 그의 부모가 원망스러웠다.

그러나 그는 남편이 무섭다는 말은 그의 부모에게라도 말할 수 없었다.

"왜 무서워?"

하고 물으면 그 이유를 말할 수는 없는 일이라고 생

각되기 때문이다. 그리고 최서방에게도 그 무섭고 슬픈 뜻을 조금이라도 보이면 당장 쫓아 보내든지 때리든지 할까봐 겁이 났다.

그러므로 색시는 혼자 속으로 꼬게꼬게 앓으며 입술만 깨물어 왔으므로 나이는 한 살 더 먹어도 몸과 얼굴은 점점 골아지듯 말라갔다.

그리고 또 한 가지 색시가 골아지듯 말라 들어가는 이유가 있다. 그것은 김갑술이란 총각 까닭이다.

이 갑술이 총각은 색시의 친정인 옥천동에 사는 사람이었다. 색시와 앞뒤 집에서 자랐으며 그가 커서 남의 집에 머슴살이로 돌아다니면서도 이 색시에게는 마음을 두고 왔었다. 색시 나이가 열대여섯 되면 그 동안 돈을 알뜰이 모아서 장가를 들려니...... 하고 바랬던 것이 그가 석골이란 동리서 머슴살이하고 있는 동안에 색시는 시집을 가고 말았던 것이었다.

갑술이 총각은 기가 막혀 얼마 동안은 바람이 들어 살던 머슴살이도 집어던지고 핑글핑글 놀다가 나중에는 그의 홀어머니를 데리고 색시를 그려 이 돈들 빵이로 이사를 와서 그 동안 모았던 돈으로 말 한필과 구루마를 사서 품삯 짐을 어서 살아갔다.

그도 벌써 나이가 스물다섯 살이니 장가도 들어야 할 것이고 또 말 구루마를 부리게 되니 돈벌이도 상당하니 아무래도 장가를 들 때가 꼭 되었는데 그는 색시만 그리워하였다. 최서방이 낮에 일하러 나가면 색시를 찾아와서 멀끔히 바라보다간 눈물이 글썽글썽하여가지고는 핑 달아나고 하니 색시 역시 마음이 편할 리가 없었다.

색시는 남편에게 시달릴 때마다 갑술이를 눈앞에 그렸다.

시집오던 전 해인 여름에 어느 밤 색시는 뜰 한 옆에 있는 샘가에서 동생들과 발가벗고 목욕을 감는데 갑술이가 쭉 들어오다가 싱긋 웃고 돌아서 나가던 일이 생각나며 그때 최서방이면 반드시 자기를 안아다가 못살게 굴었을 것이려니…… 갑술이는 점잖고 그런 몹쓸 짓은 하지 않으려니…… 라고 생각하는 것이었다. 그리고 또 봄철이 되면 산에 가서 참꽃을 꺾어 다 나눠주며 단오날마다 뒷산에 그네도 매여 주던 것도 갑술이었다.

그러나 색시는 시집올 때는 갑술이 생각을 할 줄 몰랐다. 시집온 후 어느 날 혼자서 바느질한다고 앉아 있는데 갑술이가 쭉 들어와서

"나는 네가 다른 사람에게 시집갈 줄 몰랐다. 나는

죽겠다."

하며 한숨 쉬고 눈물짓고 하다가 돌아간 그 후부터 갑술이 생각이 나기 시작한 것이었다.

날이 갈수록 갑술이의 정열은 점점 조르어 붙이듯 뜨겁게 불태우고 최 서방의 요구에 대하여서는 반비례로 점점 더 싫은 정이 더 하여져 갔다.

더구나 이 날 밤 갑자기 갑술의 폭발된 열정에 휩싸여 정신을 잃을 번 까지 한 뒤에 최서방의 억센 요구에 색시는 참다못하여 눈물이 좌르르 흘러내렸다.

"네가 최서방에게 안기어 잘 것을 생각하며 나는 이 밤을 자지도 못 하고 울며 궁글며 한단다."

하던 갑술이 말이 생각나며 비로소 처음으로 최서방에게서 몸을 빼내며 반항하듯 허리에 감긴 커다란 손을 잡아떼듯 휙 내던졌다.

"요것이 왜 이래."

최서방은 징그러운 웃음을 씩 웃으며 색시의 조그마한 몸뚱이를 내려 누르고 말았다.

이튿날 아침 일찍 최서방은 일터로 나갔다. 그는 제 이름으로 논이 닷 마지기나 있고 밭도 열두어 마지기나 있어 농사만 짓더라도 단 두 내외의 생활이야 넉넉하겠지마는 그래도 농사에 틈이 있는 대로 날품팔이라도 하여 잠시도 놀지 않아서 마을 사람들에게 착실하다는 칭찬을 받는 터였다.

색시는 남편이 일터로 나가자 얼마만치 마음이 거뜬하여진 듯하며 갑술이가 오면 실컷 울고 싶기도 하고 일변은 갑술이가 와서 또 못 살게 괴로워하는 모양을 보이기만 하면 차마 어찌 보리요 하고도 생각되어 마음의 갈피를 잡을 수가 없었다.

아직 열다섯 살 밖에 되지 않는 소녀인 색시로서는 견디어내고 판단 해내기에는 너무나 무겁고 어려운 사랑의 갈등이었다.

그는 아침 뒤치움이 끝나자 방 한쪽에 쪼그리고 앉아 훌짝훌짝 울기만 하였다. 울다가 들으니 삽짝문밖에 엿장수 가위 소리가 책각책각 들려왔다.

그는 어느 때부터 엿 사먹으려고 주워두었던 헌 생철 물통이 생각나서 두 눈을 얼른 이리저리 닦으며 뛰어나와

"엿 장수!"

하고 불렀다.

"어 - 이 이 집이요? 색시 엿 사시오. 많이 주지요. 깨어진 그릇이나 헌 누더기나 무엇이든지 가지고 오소."

하고 엿장수는 혼자 지껄대인다.

"이것 줄게. 엿 많이 주어요."

색시는 조금 전까지 울던 일은 깜박 잊어버리고 헤헤 웃기까지 한다.

"보자 - 생철통이로구나. 어디 엿 많이 드리지-"

하고 엿장수는 엿을 다섯 가락 종이에 싸 주었다. 색시는 한 가락 입에 넣어 딱 부질러 씹으며

"참, 보소 엿장수. 저 - 사마귀 빼는 약 있소?"

하고 물었다.

"네 - 있고말고. 구리무 분, 비누, 온갖 것 다 - 있소다."

"아 - 니 사마귀 빼는 약 정말 있어요?"

"있다니까. 이거 아니요 이거-"

엿장수는 샛노란 물이 든 병을 치켜 들었다. 색시는 웅크리고 앉으며 그 병을 들여다 보았다.

"병 한 개 가져오소."

엿장수는 색시가 그 사마귀 빼는 약을 사기로 작정이 된 것 같이 말 하였다.

"빈 병이 있어야지…… 그 병에 든 약도 얼마 되지 않는데 그 병째 모두 팔으서요!"

"어 - 이거 아주 비싼 약인데…… 이것만해두 모

두…… 보자, 병 값 이삼 전이고 약값이 오십 전이라……
그렇지만 오십 전만 내소……"

"오십 전? 아이구 비싸라! 사마귀가 꼭 빠질까요?"

"암! 꼭 빠지구 말구."

"옛수! 오십 전."

색시는 치마끈에 매어두었던 오십 전 짜리를 풀어 엿장수를 주고 그 약 병을 받아들고 다시 방으로 들어왔다.

그는 두 팔과 발과 목과 가슴에 걸쳐 무사마귀가 많이 나있으므로 그것을 빼 없이하려는 것이었다. 그 어느 때 보니까 이러한 사마귀 빼는 약은 아주 꼭 사마귀 위에다 조금만 찍어 발라 두던 생각하고 성냥 알맹이로 약물을 적시어 우선 발에 난 사마귀에다 조금 발랐다.

"아이구 따거……"

색시는 깜짝 놀라 성냥 알맹이를 동댕이쳤다.

"뭐 하나?"

그때 마침 갑술이가 방 안으로 얼굴을 쑥 들이밀었다.

"사마귀 빼지……"

색시는 생긋 웃었다.

"웃기는…… 나는 밤새도록 잠 한숨 못 자고 너 까닭에 이 모양인데 너는……"

갑술이는 말과는 딴판으로 얼굴은 조금도 색시를 원망하는 빛이 없었다.

"나는 뭐…… 잘 잔 줄 아나베……"

색시도 입이 뾰족해졌다.

"흠 - 너도 내 생각 좀 해야지…… 또 사마귀는 빼서 무엇에 쓰려노, 이보다 더 예뻐지면 또 누구를 죽이려고."

갑술이는 문턱에 걸터앉으며 약병을 들고 보았다.

"그 약 참 몹시도 독해요. 여기 조금 찍어 발랐더니 불이 펄쩍나게 따가웠어요."

색시는 발등을 치마로 덮으며 아직 따갑다는 듯이 문질렀다.

"어 - 그 약이 무엇인지 알기나 하나. 한 모금만 마시면 당장에 죽는 무서운 약인데."

갑술이는 약병을 한 옆에 밀어 놓았다.

"아 - 그러면 비 - 상인가?"

"비 - 상? 그래"

"나는 사마귀 빼는 약이라고……"

"조금씩 찍어 바르기만 해도 사마귀가 빠지니까. 제법 한 모금 마시기 만하면 목이 송두리째 빠져 버리지."

"아이구머니 목이 빠지면 어쩌나……"

"그러면 죽지……

"영 죽을까……"

"암…… 죽고 말고."

"아이구! 그러면 어디 감춰 버려야지! 행여 누가 잘못 알고 마시면 큰일이지."

색시는 벌떡 일어나 병을 들고 밖으로 나와 툇마루 밑에 꿍쳐 박아둔 새끼 뭉치 옆에 끼워 두었다.

"이리 좀 봐! 내 말 들어. 너의 남편만 죽고 없으면 나하고 살지? 너도 최서방보다 나를 더 좋아하지."

갑자기 갑술이가 색시를 똑바로 보며 물었다.

"그런 말은 하지 말아요."

색시는 무서운 듯 머리를 흔들었다.

"그러지 말아라……"

"아 - 니요. 날 보구 그런 말은 말아요."

색시는 온몸이 떨렸다. 자기가 아무리 갑술이를 좋아한다고 하나 이미 최서방의 아내가 되었으니 이제는 할 수 없는 일이 아닌가 하는 생각만할 뿐이었다.

갑술이는 색시의 이밖에 더 다른 생각을 할 줄 모르는 것이 안타까웠다.

색시는 어느 날 늦은 아침때가 되어 들로 나물 캐러 나갔다. 최서방은 오늘은 일자리도 없고 하여 집에서 가마니칠 새끼를 꼬고 있었다.

이런 줄 모르는 갑술이는 이 날도 색시를 보러 이 집에 쑥 들어왔다.

"어 - 갑술인가?"

최서방은 반갑지 않게 인사를 하였다. 이미 두세 번이나 갑술이가 일 없이 자기 집에 놀러 온 것을 보고 아는 터이라 속으로 짐작이 되는 바가 없지 않았던 터이었다.

"네 - 오늘은 일터로 안 가시오? 새끼는 꼬아 무엇에 쓰려는가요."

갑술의 대답은 어색한 빛이 나타났다.

"여기 좀 앉아서 내 말 좀 듣게."

최서방은 새끼 꼬던 손을 멈추고 담배를 꺼냈다.

"무슨 말인가요……"

하고 대답하는 갑술의 가슴은 뭉클하였다.

"글쎄."

최서방의 입술도 떨렸다. 갑술이는 이미 최서방의 속판을 알아차리며 이제까지 참고 견뎌오던 증오감이 불쑥 솟아올랐다.

그는 주먹을 단단히 쥐어보다가 말고 방 한 옆에 있는 목침을 노려보다가 문득 그 어느 날 색시가 툇마루 밑에 숨겨두던 초산병(硝酸)이 언뜻 머리에 떠오름으로

"무슨 말인가요. 천천히 합시다. 내 술 한 잔 받아올 터이니 한 잔 잡숫고 말씀하서요."

하고 신을 고쳐 신는 척 하고 마루 밑에 들어박힌 초산병을 얼른 빼고 밖으로 휭 나갔다.

그는 바른길로 술집에 가서 술 한 되를 받아 술집 주전자에게까지 도로 넣어 가지고 최서방의 집 문 앞에서 술은 거의 다 부어버리고 한 잔 만치 남겨가지고 약병을 거꾸로 들고 부어 넣었다.

술 주전자를 들고 들어간 갑술이는 부엌에 가서 조그마한 양재기 대접한 개를 가지고 방으로 들어갔다.

"술은 받아와도 나는 먹지 않겠다. 내 말이나 들어라."

최서방도 이제는 갑술이의 모양이 수상하여 아주 도사리고 앉았다.

"아 - 니 그러지말고 한 잔 마시고 말하서요. 내가 모두 잘못했으니 그만 다 - 무시하고 속을 푸서요. 무엇 그러실 것은 있는가요. 나도 내일부터는 멀리 만주나 대판

으로 갈 작정이니 그러지 마소."

하고 주전자에 술을 따러서 최서방 앞에 내밀었다.

최서방도 그렇게 안 먹겠다고 뻗쳐대기에는 너무나 술에 대한 욕심이 많은 터이라 못 이긴 체 받아들고 한 입에 쭉 들어 삼키다가 조금 남았을 때 술잔을 척 띠며

"이 술맛이……"

하고 갑술이를 바라보았다.

"아 - 니 그 술이 어떠한가요?"

갑술이는 일어섰다.

"아이구! 이것 술이, 술이 아니다. 이 놈이 날 죽이는구나."

최서방은 두 손으로 목을 쥐어 뜯었다.

"이 놈의 새끼……"

갑술이는 왈칵 최서방에게 달려들어 방바닥에 넘어뜨린 후 두 손으로 목을 힘껏 눌렀다.

들에서 돌아온 색시는 그대로 부엌에 들어가 점심상을 차려가지고

"점심 먹겠어요."

하고 소리쳐 보았으나 대답이 없으므로 그는 혼자 부엌에서 점심을 먹은 후 물동이와 이제 캐 가지고 온

나물 소쿠리를 끼고 샘터로 나갔다.

나가다 사립거리에서 갑술이를 만났다.

"오늘은 집에 있는데……"

색시는 갑술이를 바라보며 말하였다.

"……"

갑술이는 두 눈이 새빨갛게 되어 허둥지둥하였다.

"왜 그래요?"

색시도 놀라 멈춧하였다.

"……"

갑술이는 사방을 휘휘 둘러보며 말문이 막힌 듯 손만 내렸다가 휭 - 하니 달아가 버렸다.

색시는 어리둥절하여 그대로 샘터에 가서 나물을 씻고 물을 길러 집으로 돌아오니 남편은 아직 잠이 깨지 않은 모양이였으므로 방 안에 들어가 보았다.

"일어나 점심 먹어요."

색시는 두세 번 불러 봐도 대답이 없음이 이상하여 그제야 자세히 넘겨다보았다.

"아이구 왜 저래……"

색시는 이상함을 못 이겨 가까이 가 보았다. 그제야 가슴이 선뜻하여 총알같이 방을 튀여 나와 툇마루 밑을 들여다보고 약병이 없음에 벌떡 일어서자 갑술의 얼굴이 번개불같이 혼란하게 눈앞에 어른거렸다.

"아이고 엄마……"

그는 저도 모르게 외마디 소리를 치며 두 귀와 눈을 꼭 막듯이 가리며 푹 고꾸라졌다.

"아이그 무서워라. 암창궂기도 하지."

"글쎄 말이지 열다섯 살 밖에 안 먹은 계집년이 사나이를 죽이다니!"

"아 - 니 갑술이 놈하고 언제부터 붙었는고…… 서방질을 하다니…… 고런 죽일 년이 어데 있소."

"아이구 무섭고 독한 년."

"년놈이 의논하고 죽인 게지 어린 년이 어찌면……"

동리는 물 끓듯 소란한 가운데 색시는 갑술이와 함께 꽁꽁 묶이어 순사 두 사람에게 끌려 그 멋들어진 향나무 서 있는 샘터를 왼편으로 끼고 돌아 주재소로 갔다.

이리하여 간부와 공모하여 남편을 독살한 십오 세의 독부가 생겨났다.

ID 7장

금계납

새로 이사 온 우리 집 뒤에 조그마한 봇도랑이 하나 있는데 사시로 끊임없이 직경 이삼 인치쯤 되는 펌프에서 나오는 물만큼 흐르고 있다.

이 봇도랑에는 원근을 물론하고 빨래하러 오는 사람이 많다. 아니 이 근방에서는 유일한 빨래터이다. 그러므로 언제든지 방망이 소리가 끊이지 않는다. 나는 빨래가 모이면 귀를 기울여 방망이 소리가 없는 틈을 타서 쫓아가 제일 물이 좋은 자리를 점령하는 것이었다. 언제나 이러하므로 어느 날은 나와 인사 없는 한 여인이,

"저 새댁이는 언제나 제일 좋은 자리만 차지하더라."

하고 빈정대듯 말을 했다.

"먼저 오니까 늘 좋은 자리에 앉을 수밖에……. 누

가 남이 앉은 것을 억지로 빼앗아 앉았는가요."

하고 딱 받아주려다가 그대로 참고 싱긋 웃고

"이 자리에서 빨래하고 싶거든 잠깐만 기다리시오 곧 끝이 납니다."

했다. 이렇게 호의 있는 내 대답을 들은 척 만 척하고 그 여인은 내 바로 곁에 앉은 다른 여인을 보고,

"저 새댁이는 요새 처음 보는 새댁인데."

하고 묻는 말씨는 분명히 나에게 무슨 반감을 가진 빛이었다. 나는 그 여인에게 반감을 가지게 한 것이 무엇임을 대강 짐작하는 바였다. 첫째, 그 봇도랑에서 옛날부터 오늘까지 수없이 빨래하는 여인네들이 한 번도 입고 온 적이 없는 털 재킷을 입고 있는 것, 그들의 눈으로는 값이 많은 듯한 반지를 끼고 있는 것, 누구하고도 살림살이 이야기 같은 것을 하지 않는 것, 둘째 어딘지 좀 건방지게 보이는 것들이 모두, 그들에게 공연히 반감을 가지게 한 것인 줄을 나는 자신했다.

그 여인은 눈과 입술로 곁에 여인에게 동네에 꼭 하나 있는 술집 작부가 아니냐고 묻는 듯한 것을 나는 공기의 촉각으로 알았다. 곁에 여인네는 아주 놀라며,

"아이고 이 여편네가 미쳤구나. 정신 빼서 남 주었구

나, 새로 이사 온 XX댁 아이가."

하고 나를 돌아보며 내가 행여나 성내지 않았는가 하여 몹시 미안한 표정으로 내 기색을 살폈다.

"움머, 이 삼들아, 그런 줄 알았나. 큰 실수할 뻔했구나. 에이고, 촌구석에서 밥이나 묵고 돼지같이 사는 인간이라 노니 머가 뭔 줄 아는기요. 세상에도 이 추운데, 뭐가 답답어 손수 빨래하신다고 그리는 기요. 생전에도, XX댁이 빨래하러 올 줄 알아야지. 나는 통 남 시켜하는 줄 알았지……"

하고 그 여인도 내가 불안할 만치 사죄 겸 변명을 하며 사람 좋게 나를 추켜올렸다.

나는 싱긋이 웃으며 어떠한 표정을 하는 것이 가장 그들에게 만족할까하여 잠깐 생각하는 사이에, 『도스토예프스키의 죽음의 집의 기록』이 얼른 생각났다.

말 못할 무뢰한들인 죄인들이 귀족 출신인 수인들에게 반감을 가지며 이들 죄수들이 존경하는 것은 보통 세상에 통용되고 있는 상식으로써는 도저히 알 수 없는 행동이라는 것이 연상되어 웃음을 겨우 참으며 이들 여인이 존경하는 것은 무엇인가를 알아보려 생각했다. 물론 내가 이들에게서 존경을 받고 싶어서 하는 생각은 아니다.

빨래터에 모이는 여인들과 거의 다 얼굴이 익은 뒤부터는 으레 누구나, 내가 청하지 않아도 좋은 자리를 비켜주는 것이었으나, 나는 굳이 사양하고 경우 바르게 행동했다. 나는 내가 하는 일언일동에 대하여 늘 그 여인들 얼굴에 나타나는 반응을 자세히 보아두려 하는 까닭에 스스로 웃음을 참고 맘에 없는 대답도 간혹 해보는 것이었다. 그러므로

"댁은 언제 봐도 사람이 좋아 보이두마. 한번도 성낸 얼굴을 못 봤구마."

하고 여인들은 내 웃음 참는 얼굴을 사람이 좋아서…… 라고 돌려주는 것이 또한 우스웠다.

나는 빨래터에서 모두 제 맘대로 각기 나를 대상으로 하는 갖은 문답을 듣는 것이 즐거워 집안사람들에게 꾸지람을 들어가면서도 일쑤 빨래터에 잘나갔었다.

차차 날이 감에 따라 모두 무관해진 후는 또 내 얼굴만 보면 일제히 질문을 내려 퍼붓는 것이었다.

"XX댁이 늘 만나면 물어 볼라고 베루었더니."

하는 전제를 두고,

"한 달에 오십 전씩 저금을 하려는데 어떻게 하면

이자가 많이 붙겠는기요?"

"만주에 농사지으러 가려면 정말 차비를 대어주는 데가 있는기요?"

"세루치마 한 감에 돈이 얼마나 되는기요?"

"우리 집 아이는 글을 가르쳐야겠는데 천자를 가르치는 것이 좋은기요?"

"못 쓰는 책 있거든 우리 집 아이 배우구로 한 권 줄라는기요?"

"서울 진고개라는 데는 중 상투와 처녀 XX도 다 있는데 가보았는기요?"

"동촌에 비영구(飛行機)가 내려오는 날은 정말 XX날인기요?"

"우리 집 아이가 곤시랑곤시랑 아픈데 무슨 좋은 약이 있는기요?"

라는 등 별별 것을 다 묻는다. 나는 될 수 있는 대로 분명히 대답해주며 때 때로 유머를 섞기도 하므로 빨래를 다 한 사람까지 가지 않고 재미있어 하는 것이었다.

혹 내가 외출하려고 길에 나서면 누구든지 만나는 대로 함부로 남의 외투자락을 뒤지며,

"옷 구경 좀 합시다."

하고 무사하게 웃는 얼굴을 괄시할 수 없어 설빔을 입은 소녀같이 싱긋싱긋 웃으며 서 있다.

"이런 치마는 값이 얼마나 되는기요?"

하고 일일이 값을 묻는데, 나는 이들에게 반감을 사지 않으려고 반드시 값을 내려 대답을 하면

"아이고, 나는 처음 보는 것이구마. 참 비단인기요?"

한다. 이들은 세루보다 더 값비싼 옷은 없는 줄 알며 비단이라면 인조견으로만 알고 있는 것이었다.

어느 날, 한 여인이 일부러 나를 찾아와서 자기 어린 아이의 병세를 이야기한 후 무슨 병이냐고 물었다.

"내가 의사가 아니니 잘 모르겠지만 아마 적리(赤痢)에다 감기를 더친것 같으니 병원에 다리고 가보시오."

하고 내가 대답했다.

병원이라고는 하나 이 동네에서 근 십 리나 떨어진 곳에 의생(醫生)이 경영 하는 것이었다.

"저, 어린것들 병에는 금계랍이 좋다는데, 병원보다 신약점(新藥店)에 가서 사는 것이 더 헐하지 않을까요?"

하고 묻는다.

"아, 그런 말 말으시오, 공연히 무슨 병인지도 모르

고 금계랍을 먹이다가 큰일나오."

하며 나는 굳이 병원에 의논해보라고 권했다.

그 후 어느 날 그 여인을 만나 어린이 병세를 물었더니

"아이고 XX댁이 참 당신 용하게 알아 맞치두마, 병원에 가물어봐도 적리라두마. 그 병도 약은 한 일이 원어치 먹어야 낫겠다고 하기에 그만 신약점에 가서 금계랍 십 전어치만 사다 먹였구마."

하고 대답한다. 나는 어이가 없어

"아니 보시오. 아무리 금계랍이 좋기로 이증(痢症)에 금계랍이 당하는 약인가요?"

하고 나무라듯 얼굴을 찌푸렸더니

"아이고, 당하든 아니 당하든 좋은 약이라고 먹였으니 설마 낫겠지요. 아직은 별 효험이 아니 보이지마는."

하고 태연히 대답했다. 나는 묵묵히 입맛을 다시었다.

약! 이들은 약이라면 무슨 약이든 간 만병통치로 여기며, 병이 들면 그 병에 당부당(當不當)이 문제가 아니라 약이라고 이름 붙는 것이면 무엇이든 간에 먹기만 하면 설마 나으려니 하고 약의 절대 효력을 믿는 것임을 느꼈

다. 만병수(萬病水)란 약을 만들어낸 어을빈(漁乙彬)이가 얼마나 영리한 사람이었던가를 생각하며 고소하는 수밖에 없었다.

8장

일여인

"마님! 마님! 도련님 세숫물 떠났습니다."

"오 - 냐, 마루 끝에 가져다 놔라, 그리고 저 - 세안크림 통도 갖다 놓고!"

"네……."

"저 - 아기 어마시 - 세숫물이 너무 뜨거워선 안 되니 따뜨무리하게 손을 넣어보구! 어 - 원, 하루에도 몇 번이나 떠 놓는 세숫물까지도 내가 입을 닳려야 되니 정말…… 조금이라도 차든지 뜨겁든지 해 봐라. 정말……."

안미닫이가 좌르르 열리며 남치마에 흰 은주사 깨끼 저고리를 입은 여인이 가제 타올을 들고 나온다. 그의 눈썹은 반달같이 그렸고, '아몬 빠빠야'라나, 무엇이라는 크림을 바르고 물분을 발라 아름답게 연지로 조화시킨 갸름한 얼굴이다. 어디로 보든지 아직 서른 두셋

밖에 되어 보이지 않는데, 마님이라고 불리는 것이 이상하였다.

"아가 - 이리 나와, 어서."

여인은 대야에 한 손을 담가 보더니 온도가 마음에 맞았는지 세숫물 떠 놓은 유모에게 다시 군소리가 없다.

"아잉 - 내가 씻을 테야……."

방에서 뛰어나온 조그만 도련님이 트집거리며 발을 구른다.

"어서 와……. 더러운 쌍놈의 새끼들처럼 모가지에 때를 발라 가지고 그대로 갈 테야? 글쎄, 너의 학교에 가 보니 사람의 새끼 같은 것이 없더구나."

마님은 와락 도련님의 한 팔을 잡아끌어 대야 옆에 앉히고 두리번두리번 대야 근처를 살펴본 후

"아이구 이구 이 빌어먹을 인간들아! 칫솔은 어떻게 했노 응? 글쎄, 아이구 속상해."

하고 벼락같이 꽥 소리를 지르자 부엌에서 사내아이 하나가 툭 튀어나와 세숫간에 걸린 칫솔을 가져온다.

"이 자식아, 양치를 쳐야지, 그 놈의 개새끼 같은 놈들의 자식처럼 양치도 않고 학교에 다닐테냐?"

마님의 호령에 도련님은 입을 벌리고 얼굴을 찡그린

채 끙끙 앓기만 한다.

양치질이 가까스로 끝나고 세안(洗眼) 크림을 찍어 도련님 얼굴과 목덜미를 냅다 문지르기 시작하자 도련님은 작은 망아지처럼 뒷발을 치켜들며, 그만 씻으라고 악을 쓴다. 온 마루는 물투성이가 되고 마님의 소매와 치마는 온통 물벼락을 맞은 듯 하다. 그래도 도련님은 크림을 발린 채 대야에 담갔던 두 손으로 마님의 두 팔을 뿌리치려고 버티고 밀고 한다.

"이 자식아, 비누로 씻느니보다 때가 더 잘 빠지니까 크림으로 씻기는거다. 이렇게 씻어야 얼굴이 윤택하고 부자집 아이 같지 않느냐. 그저 물만 찍어 바르고 가면 그놈의 쌍놈 손들이나 다름이 있겠니?"

마님은 지독하게도 도련님 얼굴을 문지르며 씻긴다.

"일 없어, 일 없어, 잉......"

도련님은 몸을 버티다가 기어이 대야를 박차 엎지르고 만다.

"후다닥......"

도련님의 뺨 위에 크림 거품이 가득 묻은 마님의 손바닥이 올라 붙는다.

다시 세숫물이 떠다 놓이고 울음소리가 요란하고

마루바닥이 퉁탕거리고 마님의 고함소리가 연해 나며 하는 사이에 세수가 끝난다.

가까스로 가제 타올에 얼굴이 닦여지고 도련님은 경대 앞으로 끌려간다.

헤찌마 화장수가 도련님 얼굴에 발려지고, 크림이 발려지고 퍼프로 야금야금 누르고 하여 대청에 대령한 밥상 앞으로 끌려 간다.

세수한 자리를 치우는 유모는 혀를 끌끌 차며

"에이 참, 세수한 자리가 아니라, 물지랄병 하고 간 자리 같군."

하고 입속말로 속삭인다. 한참 걸려 마루 소제가 끝나자 방으로 들어가 경대 앞을 바라본다. 크림통, 화장수병, 분통, 퍼프, 수건 등이 자욱히 뚜껑이 벗기어 구르고 있다.

"원 - 사내새끼를 사당에 보내었나 보다…… 별꼴도 다 보네."

하고 입속으로 혀를 찬다.

"부엌 사람 - 커피차 얼른 가져와……"

대청에서 고함 소리가 나자 식모는 커피 주전자를 들여다 놓는다.

도련님 상 위에는 아주 서양식으로 보리죽(오트밀) 대접이 놓였고, 바나나 두 개가 접시에 담겨 있고, 커피잔이 놓여 있다.

식모는 돌아서 나오며,

"에이, 정말 단 일곱 식구에 아침을 꼭 네 차례나 치르니 원 사람이 견디어 낼 수가 있나. 멀쩡한 아이놈에게 아침마다 죽은 무슨 벼락 맞을 죽만 먹여, 글쎄."

하고 종알거린다.

"이 자식아, 오늘도 학교에 가거든 더러운 아이와는 놀지 말아라. 그리고 아주 선생 말을 잘 들어야 해. 그까짓 쌍놈의 선생이고 못난 자식이기는 하더라마는 부득이 배워야 되는 것이니 선생 가르치는 것은 꼭꼭 그대로 해야 된다. 그리고 오늘 체조시간이 끝나거든 선생이 야단해도 듣지 말고 너는 꼭 수도에 달려가서 손을 씻고 이 손수건에 닦아야 된다. 응? 알았니? 빌어먹을 놈의 선생이란 것이 아이들의 손도 씻길 줄 모르고...... 얘야, 너 꼭 손 씻겠다고 해라. 손이 더럽거든 꼭 씻겠다고 해. 알았니?"

마님은 도련님에게 열심으로 푸념을 하고 있으나, 도련님은 오트밀이 먹기 싫어, 바나나 먹기에 바빠 마님의 말은 귀 너머로 듣는 모양이었다.

"그리고 선생님이 묻거든 우리 집에는 목욕탕이 있어서 하루 한 번씩 꼭꼭 목욕한다고 해라. 그리고 잘 때는 꼭꼭 잠옷을 입고 잔다고 해. 잠옷이라지 말고 '파자마 입고 잡니다'라고 해야돼 -. 그리고 아침에는 밥 먹지 않고 오트밀을 먹는다고 해야 한다. 알았니?"

"응 -, 보리죽 먹는다고 그랬어."

"이 자식 보리죽이라면 그까짓 선생이 오트밀인 줄 아니? 이제부터는 꼭 오트밀을 먹는다고 해야 돼. 알겠니?"

"알았어. 바나나하고 커피차하고."

"그래, '오트밀 한 그릇, 바나나 두 개, 커피 한 잔을 먹습니다'라고 해."

"응! 그리고 내일 아침에는 보리죽 안 먹을 테야. 밥 줘, 응?"

"이 자식이 또 보리죽이라는구나. 글쎄 이것은 보리죽이 아니라, 하꾸라이 오트밀이야, 바보같이!"

"하하하, 선생님이 내가 '보리죽 먹었습니다'라고 하니까, 자꾸 웃어요, '네가 왜 보리죽을 먹었니?'하시더라니까."

"이 자식, 그렇기에 말이다. 너의 선생님은 비렁뱅이 자식이니까 오트밀이란 건 모른다. 그러니까 그 자식이 그렇게 얼굴이 마르고 검지 않더냐. 이렇게 오트밀을 먹고 세안크림으로 세수하고 하면 누가 보아도 아주 귀공자답게 말쑥해 보이지 않니?"

"하하하, 그 놈의 선생님이 엄마! 그 놈의 선생님이 말야. 어저께 날 보구 못난이라고 했어."

"왜? 그 벼락 맞을 놈이."

"내 짝놈이 막 때려서 내가 울었어."

"그래! 네 짝놈이 널 때렸어? 어디 보자 그 놈의 아귀 같은 놈의 땅꾼의 새끼, 그래 너를 때린 놈은 장하다더냐?"

"으응! 그 놈 아이는 아주 선생님께 맞았어. 그리고 나는 운다고 못난이래!"

"울면 못난인가? 아프니까 울지."

마님은 금방 노발대발이다. 그 사이에 도련님 아침 식사가 끝난다.

도련님은 다시 끌려 방으로 들어가 란도셀을 둘러메워 체경 앞에서 마님이 한 바퀴 돌려 보고

"자 - 인제 가거라."

하는 명령을 쫓아 내려선다.

"놈아! 도련님과 학교에 가."

마님이 부엌을 보고 소리 지르자, 상노 아이 놈이 뛰어나왔다.

"야 이놈아. 오늘 또 도련님의 어깨에 손을 댔단 봐라. 영 죽여 버릴테니. 아무리 너보다 나이가 어려도 도련님에게 네 마음대로 손을 대지 말아."

"네? 누가 손을 댔어요. 도련님이 자꾸 한눈을 파니까 그러지 말라고 팔을 잡고 왔지요!"

"그래도 안돼…… 창피하게."

마님은 방으로 들어가고 아이들은 학교에 갔다.

조금 후 이 젊은 마님의 아침 식사가 시작된다. 보리쌀 섞은 밥과 장찌게와 간청어 꽁지뿐이다. 한 통에 육십 전 하는 오트밀을 먹는 아들의 식사와는 영 뚝 떨어진 밥상이다. 마님의 진지상이 나오자 부엌에서 식모 유모 침모들의 아침이 시작된다. 이들은 보리밥에 장찌게 뿐이다.

그리고 열 시나 되어서 이 댁 나으리 영감님의 식사가 시작된다. 역시 보리쌀이 약간 섞인 밥에다 김치 장찌게, 명태국이 상에 올랐다.

이리하여 아침 일곱 시에 시작하여 아침 열 시 반에 가서야 비로소 끝이 난다. 마님은 안방에서 식전에 한 화장을 고치기 시작하는데,

"종식이 어머니 계십니까?"

하는 소리가 뜰에서 나며,

"그래, 마님 계시다."

하는 식모의 대답소리가 들린다. 마님은 자기를 종식이 어머니라고 부르는 요망스런 년이 누군가 하여 내다본다.

"아 - 너로구나. 왜 왔어?"

뜰에선 김 참의 댁 계집애 하인이 생긋 웃으며

"건너오시랍디다. 얼른 오시래요."

하고는 핑 돌아간다.

마음은 일변 기가 나면서도 그 조그만 계집애 년이 요망스럽게 종식이 어머니라고 부르는 것이 괘씸하기도 하고 집안 하인들에게 꼭 마님이라고 부르라고 한 자기의 위신이 손상된 듯 불쾌하다.

"그 년의 집안에는 하인들에게 말버릇도 가르치지 않는가 보다. 빌어먹을 년, 급살맞을 년."

마님은 궁청궁청 욕을 시작한다. 그러면서도 장롱

문을 열고, 옷들을 끄집어 내어 놓고 이제까지 정성들인 화장을 다시 씻어 곱게 화장을 하고 모양을 잔뜩 내어서 마루에 나선다.

주머니를 뒤져 보니 도련님에게 내일 아침 바나나 사 먹일 돈 밖에 없어 이윽히 망설이다가 집을 나서 김 참의 댁으로 갔다.

"아이 잘 왔소 -."

김 참의댁은 반겨 맞았다. 이 마누라는 사십이 넘어 보인다.

"아 - 그 요망스런 계집애가 종식이 어머니 있냐고 소리치는 바람에 놀라 깨서."

하고 말 속에 뼈를 묻어 하느라고 이렇게 거짓말을 한다.

"아 - 그 때까지 잤던가?"

"잤지. 일찍 일어난들 할 일이 있어야지."

마님은 거짓말이 능하다. 그러나 참의 부인은 이미 그의 속판을 훤히 들여다본다.

"그래서 그 요망스런 년이 버릇없이 종식이 어머니라고 했어? 에 - 망할 년."

하고 웃는다. 이 말에 마님의 불쾌하던 감정은 풀리

고 말았다.

"이리 들어와요."

참의 부인을 따라 두 칸 건너 방에 들어가니 그야말로 유한마담이 들어찼다.

"잘 오셨어요, 왜 이제 오시오?"

하고 모두들 인사를 하는데, 마님은 대답 대신에

"아이그 걸어 왔더니 덥네, 늘 타고만 다녀 놓으니 오늘 산보 겸해 걸어 봤더니, 고까짓 것 걸었는데도 막 덥고 다리가 아프다니까."

하고 방 안에 들어앉는다.

"암 - 사람은 걸어 다녀야 해. 타고만 다니면 쓰나?"

참의 부인은 한쪽 눈을 찡긋하며 마님을 추켜 준다. 마님은 웃음이 만면하다. 자기 주머니에 단 이십 전 밖에 없는 것은 잊어버린 듯 하다.

조금 후 요리상이 들어온다. 모두들 우 - 하고 상 옆으로 둘러앉으며

"오늘 이 댁 주인 마누라 생신이라네. 많이 먹어보자……"

하고 술도 치기 시작한다. 그러나 마님은 홀로 물러앉아 담배를 찾는다.

"아이 - 이거 '피죤'이구료. '해태' 없소?"

하며 담배갑을 팽개친다.

"요즈음이 어떠한 때라고, 아무것이나 피울 일이지."

누군가 농담같이 대답한다.

"아이 - 우리야 아직 '피죤'은 피우지 않는다오. '해태'도 요즈음이지 꼭꼭 '쓰리캇숀'을 피웠는데."

마님께선 이런 거짓말은 예사다. 과연 그의 장롱 서랍에는 그 어느 때 넣어 둔 '쓰리캇숀'의 빈 곽이 함께 들어 있기도 하지만.

"귀부인이 담배는 무슨...... 그러지 말고 이 맛있는 진수성찬이나 잡숫구료."

누군가 권한다.

"아이 - 음식은 보기만 해도 몸서리야, 그까짓 날마다 먹는 걸 무엇이 그리 먹고 싶어 야단이야. 그만 먹고 이야기나 합시다."

이렇게 말한 마님은 핑 - 하니 현기증이 날 것 같다.

예전 시아버지가 살아 계실 때 천 석이나 하다가 그 시아버지가 죽고 말자 일조에 폭삭 망해 버리고, 겨우 백 석 남짓 추수하는 것을 그 남편이 밤낮 먹고 놀기만 하니 고생함을 가히 알 수 있는 것이고, 또 남에게 업신

여김받기 싫어 쓸데없는 유모, 침모, 식모, 상노 아이를 부리게 되니, 온 식구 셋(남편과 마님과 도련님)에 부리는 사람이 넷이다.

그러므로 여간 곤란한 처지가 아닌 까닭에 늘 먹는 것도 말이 못 되므로 비위병이 생기기도 일쑤라, 바로 말하자면 그 중에 누구보다도 먼저 그 요리를 먹고 싶은 사람은 마님일 것이다. 그러나 그는 참는다.

이윽고 요리가 끝나자 그는 과자쪽이나 집어 먹다가 일어선다.

"오늘은 아마도 서울서 손님이 오실 것 같아 그만 가야겠어."

마님은 천연스럽게 말한다.

"서울서? 누가 오시나?"

"아마도 그 저 - 유명한 xxx란 그이가 오시겠다고 벌써 언제부터 편지가 왔어."

이것도 생 엉터리다. 그러나 마님은 기어이 그 집을 나왔다.

"아이그 참 우스워 죽겠어! 젊은 년이 마님은 무슨 마님이야 글쎄."

"서울 손님이라니! 손님도 서울 손님이 온다고 해야

버젓해지는 건가?"

"글쎄 그 여편네가 학교 다닐 때는 그러지 않더니 시집간 후부터는 아주 미친 것 같이 뽐내어요."

모두들 마님의 치마 끝이 사라지기도 전에 흉을 보느라 법석이다.

그러나 마님은 저의 집으로 달려와서 보리 섞인 점심밥을 간청어 꽁지와 맛있게 먹었다. 이것이 도리어 옳은 일인지도 모른다. 거짓말만 하지 않으면…….

마님의 점심이 끝나자 도련님이 학교에서 돌아온다.

"이 자식 배고프다. 어서 먹어……"

마님은 도련님이 학교에 갈 때 그처럼 치켜들고 법석을 하던 것에 비하여 돌아올 때에는 언제든지 냉담하다.

"싫어 잉 - 엄마는 꼭 날 보고 이 자식이라고만 해! 왜 욕해! 내 이름은 종식이가 아녜요?"

도련님은 공연히 성이 나서 란도셀을 벗어 방구석에다 둘러메친다.

"이 자식이 미쳤어? 왜 야단이야. 글쎄 또 선생놈에게 야단맞은 게로군. 이제 겨우 1학년이요, 학교에 다닌 지 겨우 두 달 남짓한 어린애들을 그 빌어먹을 놈이 왜 자꾸 성화를 한다더냐 글쎄?"

마님은 화풀이할 건더기도 없건마는 죄 없는 선생님을 냅다 욕질한다.

사랑하는 아들의 장래에 얼마만한 영향이 미칠 것은 생각해 보지도 않는다.

"저 - 도련님이 다른 아이와 공부 시간에 장난했다고 한 번 꾸지람 맞고 또 조선어 시간에 '저 모자'라는 말을 쓸 줄 몰라서 또 야단 맞았어요."

도련님을 데리고 학교에 갔다 온 상노 아이가 설명을 한다. 그의 귀에도 마님이 선생님을 욕하는 것이 거슬렸던 모양이다.

"그러기에 봐! 어서 밥 먹고 공부하자!"

식모는 벌써 도련님 상을 가지고 온다. 간청어와 아침에 나으리가 먹고 남은 명태국 찌꺼기, 김치가 상에 올라 있을 뿐이다.

이만하면 보통으로 먹는 반찬으로 그리 남부러울 건 없으련마는 마님은 도련님에게 이렇게 먹이는 것을 누가 볼까봐 두려워하고, 자기도 차마 보기가 싫어서, 아침에 오트밀을 먹일 때는 같이 데리고 먹여 주지만, 점심 저녁은 영 돌보지 않는다.

도련님은 맛있게 밥을 먹는다. 그는 그 곤궁한 오트

밀보다 이 보리 섞인 밥을 간청어하고 먹는 것이더 맛있는가 싶다.

"이 자식, 이리 와 공부해."

마님은 베개를 돋우어 베고 누워서 소리만 빽빽 지른다.

"엄마는 또 이 자식이야? 싫어 난."

도련님은 먹던 밥숟갈을 집어던지고 방으로 들어와 란도셀을 끌러 그 안에 든 책을 모조리 끌어내 놓는다.

"이 구두, 그 모자, 저 보자기, 엄마 이것 나, 다 - 쓸 줄 알아, 그리고 'らみに ふね(바다에는 배), ふねに ほ(배에는 돛), ほぼしに はた(돛에는 깃발), 이것도 다 - 쓸 줄 알아."

도련님은 방 끝까지 책들을 늘어 놓는다. 마님은 잠이 사르르 들었다.

도련님은 제 혼자 창가를 불러가며 잡기장에다 제 멋대로 마구 써 댄다.

쓰다가는 말고 고무로 북북 닦고, 닦다가는 잡기장을 찍 - 째곤 한다.

그래도 마님은 무관심하고 잠만 잔다. 도련님은 나중에 꾀가 나니까 독본책에다 마구 그림을 그리고, 그리다가는 또 북북 닦고, 그리다가는 찍 잡아 찢고.......

이것이 모두 선생 욕 먹일 밑천이다. 내일 학교에 가면 선생님이 보고 야단하실 것은 정한 이치니까. 야단맞는 걸 보게 되면 상노 아이가 마님에게 고자질할 것도 틀림없을 것 같고 그 말을 들으면 마님이 도로 선생님을 선생놈이라고 욕을 또 내놓을 것이니까.

아예 당초에 마님을 낮잠 자지 말고 아이 공부를 감독했으면 내일 선생님에게 꾸중 들을 턱도 없고 그걸 따라서 마님이 선생님을 욕할 건덕지도 없어지는 것이련마는…….

마님은 맛있게 잔다.

"엄마, 그만 쓸까? 이것을 한 장 써 오랬지만 이따 쓸테야……. 엄마 써 줘!"

도련님은 마님을 뒤흔든다. 마님은 성가시다는 듯, 꽥 소리를 지르며

"이 자식 저리 가 - 시끄러워 잠 못 자겠다."

라고 하며 돌아누웠다.

"엄마 욕쟁이……."

"네 이 - 이놈의 자식, 엄마 자는데 왜 이래!"

마님은 발칵 성이 났다. 그러나 도련님은 어느 사이엔지 엄마 주머니 속에서 내일 아침 바나나를 살 그

이십 전 중에서 십 전을 발라내 가지고 핑 - 밖으로 달아났다.

마님은 그래도 모르고 다시 잠들기에 애쓰며

"이따 내가 다 써 주마, 어서 밖에 나가 놀아."

한다. 마님은 도련님의 숙제를 대신 해주겠다고 말한 것이다.

그 이튿날 학교에서 돌아온 도련님과 상노 아이가 이구동성으로

"선생님이 집에 가서 제 손으로 쓰지 않고 엄마가 썼다고 야단해요."

라고 고해 바친다. 마님은 잠잠하고 도사리며 앉더니 이윽고

"그래 그 놈의 쌍놈의 선생이 뭐라 그러든?"

하고 묻는다.

"꼭 내 손으로 써야 된데요. 엄마 쓴 것은 선생님이 안 보신데!"

"응?"

마님은 얼굴이 금시에 시뻘겋게 되며 입술이 바르르 떤다.

"이 놈의 자식, 어디 보자."

마님은 그만 벌떡 일어나더니 치마를 뚝 따 입고 와르르 툇마루로 나오다가 갑자기 생각난 말이 있는지 경대 앞으로 돌아와서 화장을 고친 후, 이제는 바른길로 거리로 내닫는다. 그는 지금 학교로 달려가 선생을 여지없이 퍼붓고 올 작정이다.

그리하여 이윽고 걸어가다가 문득 삼정오복점 쇼윈도에 걸려 있는 옷감에 눈이 팔려 잠깐 발이 멈춰진다.

"빌어먹을 도적놈……"

하고 심중에 선생 얼굴을 그려 본다.

선생의 박박 깎은 머리와 쾌활하고 성글성글하게 생긴 얼굴이 떠오른다.

이상하게도 그 순간에 가무잡잡하고 쥐어짜 놓은 행주 같은 자기 남편의 얼굴이 생각나며 입에 생긋 웃음을 떠올린다.

자기가 쓴 글씨를 그 선생이 본다…… 하는 그 사실을 엉뚱한 데로 연상시켜 본 까닭이다.

"그 놈의 자식……"

마님은 또 한번 속으로 웃고, 귀부인 앞에 무릎을 꿇어 사랑을 애걸하는 젊고 거만한 기사를 생각해 본다.

그리고 다시 한 번 미소해 보며 스스로 만족하여 어

깨를 뒤로 젖히고 오복점으로 들어간다.

물론 주머니에 돈이라고는 동전 한 푼 없지마는 몇 천 원어치라도 마음에 드는 물건만 있으면 다 - 살 것 같은 태도이다.

그는 자기가 지금 어디로 가던 일인지를 잊어버렸다.

9장
푸른 하늘

부산에서 경성으로 가고 오는 기차선로 이름은 경부선이라 하지요.

이 경부선 기차를 타고 여러분이 잘 아시는 대구 정거장에서 내려가지고 동쪽으로 나가는 조그마한 기차에 갈아타면 동쪽 바닷가 포항이라는 곳까지 갈 수 있어요. 그리고 경주라고 하는 아주 예전에 신라 임금이 사시던 곳에도 갑니다. 그런데 이 기차선로 이름은 동해중부선이라고 한답니다.

대구서 이 기차를 타고 나면 다음 닿는 곳은 동촌이라는 정거장이고요, 그 다음은 어여쁜 이름을 가진 반야월이라는 정거장입니다.

이제 여러분께 하려는 이야기가 바로 이 반야월 정거장 근처에서 시작됩니다. 여러분이 이 이야기를 다 읽으시고 나서 일부러 만들어 쓴 거짓말 이야기겠지 하고 의심은 하지 마세요. 왜 그러냐 하면, 의심나시는 분은 누구든지 반야월이란 곳에 오셔서 누구에게나 물어보시면 알 테니까요.

자, 여러분께 어서 이야기를 해야 하겠습니다. 얼마나 가엾고 감심할 만한 이야긴가 잘 읽어보시고 많이 동정해주세요.

그런데요, 아까 말씀한 그 반야월이란 곳 말입니다. 이곳에서 북쪽으로 향하여 이 킬로미터만 걸어가면 높고 낮은 산들이 자욱이 둘러 있는데 이 산골에 오십 호가량 되는 조그마한 동네가 하나 있어요. 이 동네이름은 월남동이라고 부른답니다.

이 월남동이라는 동네에 지금부터 사십 년 전에 명학이라고 부르는 소년이 있었습니다. 이 소년 명학 군에게는 동생이 둘이 있었는데 큰 동생은 아주 살이 통통하게 쪄서 '뚱보'라는 별명을 듣는 명룡이고요, 다음 동생은 두 눈이 무척 큼직하게 생겼다고 '눈쟁이'라는 별명을 듣는 명우랍니다.

그런데 명학이만은 어떻게 잘생겼던지 아무 별명도 없었어요. 그때 명학이는 열두 살, 명룡이는 여덟 살, 명우는 네 살이었어요.

그런데 참 이상한 것이 하나 있어요. 명학이에게는 우연히 아버지가 없어졌어요. 어떻게 된 셈인지 재작년 가을부터 아무 말 없이 없어지고 말았어요.

"어머니, 아빠 어디 갔어?"

하고 그의 어머니에게 물어보면

"난 몰라. 어디 갔는지."

"왜 몰라. 가르쳐줘."

"모르는데 어떻게 가르쳐주니."

하며 어머니도 모르시는 모양이었어요. 점점 오래되어 가면 갈수록 아버지 생각이 간절해졌어요. 어떤 때는 어머니 몰래 뒷산에 올라가서 소리를 쳐

"우리 아버지 보고 싶어."

하며 울기도 했답니다. 밤이 되면 산골이기 때문에 부엉이는

"부헝, 부헝."

울고, 산새도 간간이 처량하게 울지요. 어머니와 동생들 곁에 누워 자려면 여간 무서운 것이 아니었어요. 바람이나 불고 비나 오는 밤이면 어머니도 무서운지 불을 켜놓고 오래도록 잠을 자지 않았어요. 그럴 때는 명학이

도 장난치지 않고 어머니를 위로하려고 동생들도 잠이 못 들게 장난을 합니다.

"명룡아, 수수께끼 할까?"

"응!"

하고 자려던 명룡이가 벌떡 일어납니다.

"명룡아, 배도 배도 못 먹는 배가 머냐?"

"못 먹는 배는 할배."

"그러면 보가 머냐."

"보?"

"그래. 보라는 게 머냐"

"보…… 보…… 모르겠다."

"하하하, 뚱보도 모르니?"

명룡이는 자기 별명이 뚱보니까 그만 불쑥 성을 냅니다. 그러면 어머니도 싱긋이 웃으셨어요.

"인제는 형이라고 부르지 않을 테야."

하고 명룡이는 아주 골이 나서 쿨쿨하며 그만 누워 자버립니다. 명우는 본래부터 저녁만 먹으면 누워 지는 까닭에 명학이는 어머니와 단둘이서 앉아 있습니다. 그때는 오늘과 같이 학교가 없었으니까 글을 배우려면 서당이라는 데 가서 배웠어요. 명학이는 서당에 갈 나이가 되어서 그만 아버지가 없어졌으니까 글이라고는 한 자도 못 배웠어요. 그런 까닭에 낮에는 산에 가 나무도 하고 방아도 찧고, 밤에는 신을 삼았습니다. 아버지가 없어져도 돈만 있으면 서당에 못 갔을 리가 없었겠지요. 이렇게 무섭고 잠 안 오는 밤은 유별나게도 아버지 생각이 간절했어요. 그래도 어머니 맘이 상할까 해서

차마 입으로는

"아버지 보고 싶다."

는 말은 못하고 입을 꼭 다물고 신을 삼기 시작합니다. 그때는 고무신이 없었던 까닭에 가난한 사람들은 모두 짚으로 신을 삼아 신었던 것입니다.

"어머니, 아버지는 정말 어디 가셨을까?"

명학이는 참다못하여 그만 어머니에게 묻습니다. 그날 밤은 대보름날 밤이었습니다. 어머니는 슬쩍 소매에다 눈물을 씻고

"너희 아버지는 후에 네가 어른이 되면 찾아오지."

하셨습니다.

"왜? 지금은 못 찾을까."

명학이는 두 귀가 번쩍하여 어머니에게 다가앉았습니다.

"그럼, 네가 어른이 되어야지."

하며 어머니는 아주 슬퍼하시는 모양이었어요. 그래서 명학이는 속으로 단단히 한 가지 맘을 먹고

"그러면 아버지가 어디 있어요?"

하고 어머니 곁에 다가앉으며 아주 딱 잡아 물었습니다.

"그까짓 아버지, 아버지는 우리를 버리고 가버렸는데 찾아가면 뭣해."

하시고 한숨을 내쉬었어요.

"어머니, 왜 아버지는 우리를 버렸어?"

"너희 아버지는 이 아래 동네 반야월 장터에 있지마는 우리가 미워 아주 보기 싫어한단다."

어머니는 의외에도 이렇게 대답하시며 더 말하지 않으려고 명학에게 그만 누워 자라고만 하셨어요.

"아버지가 반야월 장터에 계세요?"

명학이는 자기 아버지가 아주 멀리멀리 가버리신 줄만 알고 무척 슬퍼해 왔는데 의외에도 아주 가까운 반야월 장터에 있다는 것이 어떻게 기뻤는지 몰랐어요.

"그런 쓸데없는 말은 묻지도 말고 어서 누워 잠이나 자려무나. 네가 어서 커서 어른이 되어 이 엄마하고 동생

들을 먹여 살려야 한다. 너희 아버지처럼 자기 집안사람을 모두 떼어버리고 저 혼자만 잘살려고 하는 사람이 되면 안 되는 거야."

하셨습니다.

명학이는 어머니 말씀이 귀 안에 들어오지 않고 어서 날이 새면 반야월에 있다는 아버지를 찾아가리라고 굳게 결심했습니다. 어머니는 공연히 아버지를 찾아가지 못하게 하느라고 그러시는 것이지 무슨 아버지가 우리를 버리셨을 리가 있나, 아버지만 집에 오시면 나도 서당에 글 배우러 갈 수 있을 것이요, 아무리 바람 불고 비오는 밤이라도 무섭지 않을 것이다. 아버지는 나를 보면 오죽 기뻐하실까……. 하는 생각이 들며 명학이는 두 가슴이 기뻐 날뛰었어요. 그래서 어서 날이

새라고 빌며 잠자코 누워 잘 준비를 했습니다.

그 이튿날 아침이었습니다. 어머니가 알면 야단하실까 겁이 나서 동생 둘을 데리고 동네 아이들에게 놀러 가는 척하고 집을 나섰습니다. 그날인즉 바로 정월 열이렛날이라 대보름은 지났지만 그래도 아직 명절이라 산골 아이들은 고운 옷을 입고 놀았습니다.

"명룡아, 너 명우 데리고 집에 가 있거라. 나는 지금

반야월 가서 사탕 사 올게."

하고 꾀었습니다.

"싫어. 나도 반야월에 갈 테야."

명룡이는 한사코 따라나섰습니다.

"명룡아. 그러면 저기 아이들 노는 데 가서 좀 놀고 있거라. 나는 집에 가서 어머니께 뭣 좀 얻어가지고 올게. 응"

하고 달랬습니다마는 명룡이는 듣지 않았습니다.

"뚱보, 뚱보야. 너 내 말 안 들으면 때릴 테다

"때려봐! 죽어도 따라갈 테야."

명학이는 울며 발버둥을 치는 명룡이와 명우를 버리고 반야월 가는 길을 향하여 줄달음쳤습니다. 한참 달음질을 치다가 돌아보니 명룡이와 명우는 소리쳐 울며 따라오더니 그만 길바닥에 주저앉아 병학이를 바라보고 있었습니다. 명학이는 쫓아가서 두 동생을 업고 달래주고 싶어 두 눈에 눈물이 날 것 같았습니다마는

"명룡아, 울지 말고 집으로 가거라. 오늘 아버지와 같이 올게……"

하고는 획 돌아서 줄달음을 쳤습니다. 몹시 추운 바람이 달려가는 명학이를 휩쓸어다 때려 붙일 것 같았습

니다. 그래도 기를 쓰고 두 손바닥으로 양 귀를 꼭 덮어 가지고 반야월까지 왔습니다. 그때는 아직 반야월에 기찻길이 나기 전이기 때문에 몹시 어수룩한 촌이었어요.

반야월까지 오기는 했지만 어느 집이 아버지 집인지를 알 수가 없었습니다. 아직 나이가 겨우 열두 살 된 어린이니까 누구에게 물어볼 줄도 모르고, 산골에서 자란 아이인지라 부끄러워서도 묻지를 못했습니다. 그저 이 집 저 집 슬쩍슬쩍 들여다보고만 다녔어요. 그러는 사이에 짧은 겨울 해는 벌써 서산에 가까워졌으므로 아침도 아버지 만나고 싶은 생각에 채 먹지 못했고 점심도 못 먹었고, 종일 이 집 저 집 돌아다니기만 했으므로 춥고 배가 고파 두 눈이 뒤통수를 뚫고 달아날 것 같았습니다. 온몸에 소름이 끼치고 배에서는 쪼글쪼글 소리만 났어요. 그래서 길가 어느 집 담 모퉁이에 기대서서 집으로 돌아갈까 하고 생각했습니다마는 아버지도 찾지 못하고 가기가 부끄러워 이대로 길가에서 밤을 새워서라도 기어이 아버지를 찾아가지고 가리라고 결심했습니다.

그러는 사이에 사정없는 해님은 그만 서쪽 산 너머로 슬그머니 소리 없이 기울어지고 찬바람만 무섭게 불어 닥쳤습니다. 집들은 모두 문을 안으로 잠가버리고 배는 점점 더 고팠으므로 명학이는 그만 어떻게 서럽던지 훌쩍훌쩍 울기 시작했습니다.

"얘, 너 뉘 집 아이냐, 왜 울고 있어?"

하는 우렁찬 어른의 목소리에 명학이는 깜짝 놀라 쳐다봤습니다. 어떤 힘세게 생긴 사내 하나가 서 있어요. 그래서 명학이는 어떻게 반갑던지

"월남에 있는 명학입니다. 우리 아버지 어데 있어요?"

하고 처음 보는 그 사내가 자기 아버지 집을 알고 있는 것인 줄만 믿고 물었습니다.

"네 이름이 명학인가? 나이는 몇 살이냐?"

"내 나이는 올해 열두 살입니다."

"응, 그러면 너는 네 아버지 집을 왜 모르니?"

"우리 아버지는 벌써 어느 때 집을 떠났는데 반야월에 산답니다. 그래서 찾아왔어요."

"응 그래, 너 공연히 아버지 집 찾지 말고 내게 따라가지 않겠니?"

"싫어요."

"안 되지. 내게만 따라오면 아버지도 찾을 수 있지. 반야월에는 암만 있어도 찾지 못할걸."

명학이는 오늘 종일 찾아봐도 자기 아버지 집은 없었으니까 이 사람 말이 옳은 말인가, 하고 생각했습니다.

"그러지 말고 얘야, 네 아버지를 기어이 찾아보고 싶거든 우리에게 따라 가자. 그러면 고운 옷도 입을 수 있고 맛있는 사탕도 맘대로 먹을 수 있고……"

그 사내가 이렇게 말할 쯤에 어디서 몰려왔는지 한 떼의 사람이 몰려와 명학이를 가운데 두고 휘둘러 썼습니다.

"그놈아이, 얼굴이 꽤 잘생겼는데 옜다, 이것 너 줄까."

하고 그중에 한 사람이 살강밥과자 한 가락을 주었습니다. 명학이는 배가 몹시 고픈 터이라 어떻게 고맙던지 그만 받아가지고 먹기 시작했습니다.

"자, 모두 어서 가세. 얘야, 너도 따라오너라. 따라가 보면 얼마나 좋은 지를 모른다. 여기 섰다가는 추워서 죽을 테니 자, 어서 따라온."

했습니다. 병학이도 가뜩이나 춥고 무섭고 배고프던 터이라, 속으로는 무시무시하면서도 한 걸음 두 걸음 따라나섰습니다.

어느 듯 반야월 동네도 뒤로 멀어지고 어스름한 들길을 걸어가고 있었습니다. 이렇게 조금 가다가 얼른 들으니 사내들은 저희끼리 쑥덕쑥덕 했습니다.

"그놈 아이 얼굴이 꽤 괜찮으니까 데리고 감세."

"저놈 아이가 나중에 기어이 싫다면 어쩌나

"싫다면 다른 데 갔다 팔아먹지. 돈냥이나 받을걸."

하는 소리가 얼른 들렸습니다. 명학이는 갑자기 움칫하고 머물러 섰습니다.

이 사람들은 도적놈들인가 보다, 하는 무서운 생각이 와락 치받혀 올라왔습니다.

"어서 가."

한사람이 명학이 어깨를 잡아끌었습니다.

"싫어요. 나는 반야월에 갈 테요. 당신들에게는 따라가지 않을 터예요 하고 버티고 섰습니다.

"허 그놈아이, 너 사람의 자식이 왜 그 모양이냐. 우리께만 따라가면 네 아버지를 만날 터인데."

하고 달랬습니다. 그래도 명학이는 무서운 생각이 놓이지 않았습니다. 길은 이미 어둡고 돌아보니 반야월은 멀었습니다.

"그러면 우리 아버지를 어떻게 아시오, 어디 있어요?"

하고 물었습니다.

"알다 뿐인가, 너희 아버지도 우리와 같이 다니지. 오늘 밤에는 대구라는데서 우리를 기다릴걸, 그래."

했습니다.

"공연히 그러지 머. 아버지는 반야월에 있다는데 머."

"아니야, 거짓말이다. 가보면 알지."

하고 사내들은 박구채로 말했습니다. 그래도 명학이는 아무래도 그 사람들이 도적놈 같아 보이며 자꾸 무서웠습니다.

"자, 어린놈이 다리가 아프지 않니. 내가 업고 갈까."

하더니 한사람이 다짜고짜 명학이를 뎅그렁 집어 업었습니다. 명학이는 월남동을 떠날 때 길가에서 따라오려고 울며 발버둥을 치던 명룡이와 명우 생각이 나며 그만 소리를 질러 울었습니다.

그래도 자꾸 아버지를 만나게 해 준다고 달랬습니다. 추운 것도 배고프던 것도 다 잊어버리고 명학이는 자꾸 소리쳐 울었습니다.

"이놈의 자식, 저희 아버지를 찾아주려고 하는데 울기는 왜 울어. 보렴, 저 애도 울지 않고 따라가는데."

하고 가리키는 곳을 보니 역시 조그마한 아이 하나가 이 사람들 판에 끼어 걸어가고 있었습니다. 명학이는 그 아이를 보니 어서 그 아이에게 이 사람들이 정말 우리 아버지를 알고 있는지를 물어보고 싶었습니다.

그러나 업은 사내는 명학이를 아주 단단히 끼어 업고 암만 빌어도 내려주지 않습니다.

이러는 중에 한 동네에 닿았습니다. 길가 한 집을 찾아들어가 모두 하룻밤 자고 가겠다고 주인과 의논을 하더니 방 안으로 들어갔습니다. 방 안에 들어가 불 밑에서 자세히 보니 많은 사내들 중에 꼭 명학이 저만큼 한 아이가 하나 섞여 있었습니다.

그 아이는 명학이를 자꾸 바라보았습니다. 그중에도 머리를 딸아 내린 총각이 열 사람이 있는데 모두 머리에 몹시 기름을 바르고 고운 옷을 입고 있고, 아홉 사람의 남자들은 모두 얼굴이 몹시 무섭게 생겼었습니다.

"아하, 도적놈이 아니라 사당패로구나."

하는 생각이 문득 났습니다. 명학이 사는 월남동에도 보름날 이렇게 생긴 사람들이 와서 굿 치고 춤추고 재주 부리고 하여 돈벌이 해가지고 가는 것이 생각났던 것입니다. 그래서 사당패니까, 도적놈들은 아니니까 무섭기도 덜한 것 같았습니다.

얼마 있다 수두룩하게 차려나온 밥을 모두 둘러앉

아 먹는데 명학이도 배가 고파 죽을 지경이라 한축 끼어 실컷 밥을 먹었습니다. 저녁을 먹고 나더니 모두 일어섰습니다. 무엇인지 왁자지껄 법석을 하며 나갔습니다. 그중에 한 사람이

"야, 너희 작은놈들 둘은 나오지 말고 누워 자거라. 우리는 한바탕 치고 올 테니, 응. 석돌이 너는 저 애와 동무해가지고 꾸러미 속에 있는 강정도 내먹고 놀아 응. 명학이는 내일이면 아버지를 만날 테니 일찍 자하고는 나가버렸습니다. 넓은 방 안에는 명학이와 석돌이라는 그 아이와 단둘이 남았습니다.

"얘야, 너는 왜 이렇게 따라가니?"

하고 명학이는 석돌에게 물었습니다. 그랬더니 석돌이는 방문을 열고 밖을 한번 내다보고는 다시 문을 닫고 그제야 명학이 곁에 와 앉으며

"얘야, 이 사람들은 사당패란다. 너도 공연히 따라가지 마라. 너희 아버지를 안다는 것은 모두 거짓말이야. 나도 꼬임에 빠져 오기는 했지만 틈만 있으면 달아날 테야."

하고는 몹시 서러운 듯이 얼굴을 찌푸리더니

"얘야, 지금 우리 달아날까."

하고 명학이를 바라다보았습니다. 그렇지 않아도 지금 막 틈만 있으면 달아나리라는 생각을 단단히 한 명학인 까닭에 그만 벌떡 일어나며

"애야, 우리 둘이니까 무섭지도 않을 테지. 어서 달아나자."

하고는 두 아이는 손을 맞잡고 살그머니 방을 나왔습니다.

바로 그 집 뒤 넓은 마당에서는 장작불을 놓고 굿을 치며 그 사람들은 법석을 하고 있었습니다. 두 아이는 행여나 들킬까 해서 조심조심하여 아까 오던 길을 보고 막 달음질을 쳤습니다. 그때 명학이가 돌아보니 자기들이 있던 방 안으로 사당패 한 사람이 들어갔다 나오며 석돌아, 하고 부르는 소리가 요란하게 났습니다.

두 아이는 와락 겁이 나서 몸을 숨기려 했으나 열이렛날 늦게 뜬 달이 밝게 비쳐 있어 평평한 들길이라 몸 감출 곳이라고는 없었습니다.

〈2회, 3회 연재분은 찾을 수 없어서 4회 연재분으로 이어집니다.〉

"물건만 두고 가거라. 그렇지 않으면 몇 만 리라도 따라간다."

명학이 가슴에는 새록새록 용기가 용솟음쳤습니다. 그래서 얼른 길가에 있는 큼직한 돌멩이를 하나 집어 들고 힘껏 도적의 다리를 향해 내던졌습니다.

"아이쿠."

도적은 두어 번 한 발을 움켜쥐고 외발모듬을 뛰었습니다. 그 틈에 명학이는 또 두 번째 돌을 힘껏 던졌습니다.

"어이쿠. 석돌아, 석돌아."

도적은 앞으로 폭 고꾸라지며 땅바닥에서 쩔쩔매며 소리를 쳤습니다.

그사이에 명학이는 달려가 도적의 등에 올라앉으며 한 손으로 보통이처럼 둘둘 뭉쳐 맨 비단 뭉치를 빼앗으려 했습니다. 그때 도적은 제 힘을 다하여 한번 구비 넘기를 치며 명학이 다리를 감아 잡았으므로 그 바람에 등에서 미끄러진 명학이의 멱살을 조르며 뒤로 넘기고 명학이 가슴위에 걸터앉으려 했습니다.

"이놈의 자식……"

명학이도 죽을힘을 다하여 두 손으로 도적의 옷깃

을 붙잡으며 두 다리를 되는대로 박찼습니다. 이때, 어디서인지 사람의 발소리가 가까워져서 명학이가 얼른 보니 조그마한 총각 하나가 도적의 뭉치를 둘러메었습니다.

"석돌이냐. 이놈의 자식을 죽여 버려야겠다. 저 돌멩이, 돌멩이를 얼른 하나 집어다오. 이놈, 조그만 놈이."

명학이는 멱살을 잡히고 구르면서도 컷결에 들리는 '석돌이'라는 이름에 두 귀가 번쩍했습니다. 그러나 멱살이 잡혔으므로 소리를 지르지 못하고 그저 두 다리로만 되는대로 구비넘기를 치며 막 갔습니다.

"석돌아. 이놈아, 어서 돌멩이 다오. 그리고 너는 어서 어제 저녁 그곳에 가 있거라. 얼른얼른."

이번에는 병학이 귀에 똑똑히 '석돌'이라는 말이 들렸습니다. 그 순간 도적은 커다란 돌멩이로 명학의 머리를 향하여 내려쳤습니다. 명학이는 벌떡 구비넘기를 치며 그 돌멩이에 한쪽 어깨가 무너지도록 얻어맞았습니다.

두 번째, 도적이 돌멩이를 쳐들자

"에잇!"

하고 명학이는 도적의 상투를 잡아당기며 한 발을 옹크려 도적의 아랫배를 괴는 척하며 힘껏 박찼습니다. 도적은

"이놈."

소리를 치면서도 멱살은 놓지 않았습니다. 명학이는 연해 아랫배를 박차며 간신히 도적의 가슴에 올라앉았습니다. 그리고 멱살을 뿌리치고 비단 뭉치를 가지고 달아나는 작은 도적 편을 향하여 달렸습니다.

"석돌아, 석돌아."

명학이 가슴은 헐떡이며 행여나 삼 년 전 사당패에서 같이 도망해 나온 그 석돌이가 아닌가 하여 비단도 비단이려니와 어서 그 작은 도적의 얼굴을 보고 싶었습니다.

앞에서 달아나던 작은 도적은 뒤도 돌아보지 않고 막 달려가고 있었습니다.

"적돌아, 나는 명학이다. 나는 명학이다."

하고 따라 쫓았습니다. 이윽고 작은 도적은 획 돌아서며 멈칫하고 서 있었습니다.

그 작은 도적은 석돌이었습니다.

"네가 누구냐?"

"네가 누구냐?"

둘은 꼭 같이 그렇게 부르짖었습니다.

"사당패에서 달아나던 명학이다."

"오……."

석돌이는 그만 비단 뭉치를 집어 던지고 달려오는 명학이를 향하여 서로 부딪치며 손을 맞잡았습니다.

그때 도적은 명학에게 처음 얻어맞은 발을 간신히 끌고 쫓아왔습니다.

"이거 이놈, 석돌아."

서로 목을 안고 반가움에 목메어 있는 석돌이 멀미를 잡아 재꼈습니다.

석돌이는 삼 년 전, 명학이와 같이 사당패에서 달아난 이후 자기 고향으로 가는 길을 몰라 이리저리 거지 노릇을 하다가 지금 이 도적에게 붙들려 다니며 아무리 달아나려고 해도 달아나지 못하고 그대로 맘에 없는 도적이 되어버린 것이었습니다.

"보시오. 이 아이는 내 동생이에요. 왜 도적질을 하오"

바로 살지 못하고 명학이는 도적의 턱밑에 딱 버티고 서서 오른손을 단단히 쥐고 도적의 아래 턱을 치받았습니다.

그리고 비단 뭉치를 풀어 젖히고 그중에서 제일 값비싼 모본단 두 필만 가지고 그 나머지는 도로 싸서 도적에게 주며

"이것은 대 것이 아니지만 당신에게 줍니다. 이것을 팔아 밑천을 삼아가지고 장사를 하시오. 그리고 다시 두 번 도적질은 마오. 석돌이는 내가 데리고 갑니다."

도적도 차차 이야기를 듣고 나더니

"고맙다. 난들 도적질이 하고 싶어 하겠느냐. 배는 고프고 할 일은 없으니 그런 것이 아니냐. 그렇지 않아도 이번에 한번 큰 도적질을 해가지고는 다시 하지 않으려고 했단다."

하고는 그 비단 뭉치를 둘러메었습니다.

"그러면 잘 가서 다시는 도적이 되지 마오."

명학이와 석돌이는 도적을 돌려세우고 걷기 시작했습니다. 삼 년 전 사당패에서 달아날 때처럼 손에 손을 꼭 잡고……. 점방으로 돌아왔을 때, 안집에 있는 여편네, 아이들 글 선생, 계집애 하인 할 것 없이 불을 켜고 법석이었어요. 명학이는 도적에게 얻어맞은 어깨에서 흐르는 피가 손끝에까지 뚝뚝 떨어지는 것도 모르고 석돌이와 반가움에 자지러졌습니다.

그 이튿날, 서울서 내려온 주인에게 도적맞은 이야기와 도적에게 비단을 준 말을 하고

"그 비단 값은 어느 때라도 돈벌이를 하면 갚겠습니

다. 용서하십시오."

하며 사죄했습니다. 주인은 명학이의 용기 있고 또 의리 있는 것을 칭찬하며 조금도 꾸짖지 않았어요. 그리고 석돌이도 그 집 점방에 명학이와 같이 쓰기로 했습니다.

그 후 명학이는 도적에게 맞은 상처가 다 나았으므로 갑자기 어머니와 동생들이 보고 싶어 주인에게 그 말을 했습니다.

"가서 며칠 잘 쉬고 올 때는 어머니와 동생을 모두 데리고 이리로 이사를 오너라. 그동안 집은 내가 마련해 두겠다."

주인은 행여나 명학이가 다시 오지 않을까 하여 이렇게 신신당부를 하고 돈 백 냥과 어머니와 동생들의 옷감을 주었습니다.

명학이는 석돌이와 함께 주인에게 하직하고 월남동으로 갔습니다. 가는 길에 반야월 장터로 먼저 가서 고기를 사들고 명룡이와 명우가 좋아하는 사탕과자와 강정을 사서 오래 보지 못하였던 그리운 월남동으로 들어갔습니다.

전이나 지금이나 다름없는 허물어진 자기 집 사립문 앞에서 들여다보니 명룡이와 명우는 웅크리고 방문 앞에 앉아 있고 어머니는 부엌에서 무엇을 하고 있었습니다. 너무나 반가워 진작 들어가지 못하고 조금 서서 진정을 해가지고 석돌이와 둘이 쫓아 들어가며

"엄마, 엄마. 아이고 뚱보, 눈쟁이."

명룡이와 명우는 전날 같으면 별명을 부른다고 성을 내겠지만 기다리고 기다리던 언니가 갑자기 쑥 들어왔으므로 너무 반가워

"으악!"

하고 앉은 채 해울음을 울었습니다. 어머니도 그 소리에 놀라 뛰어나오시며 명학이를 보고 말문이 닫혔습니다.

"엄마……"

명학이는 가지고 온 물건을 뜰에 내던지고 어머니 품에 가 폭 안겼습니다.

명우와 명룡이는 그제야 벌떡 일어나서 어머니에게 안긴 명학의 뒤에 가 두루막 자락을 잡고,

"언니, 어디 갔다왔어? 왜 안왔어?"

하고 채슬러 느꼈습니다.

"이제는 다시 가지 말어. 밤에 무서웠어, 우리만 있으면……. 가지말어."

하고 명룡이와 명우는 신신부탁이었어요. 그날 밤은

얼마나 반갑고 즐거운 밤이었던지요.

저 푸르고 넓은 하늘과 같이 크고 깨끗한 포부와 생각을 가지고 앞으로, 앞으로 나아가려는 명학이. 자기 한 몸만을 위하지 않고 첫째, 부모 형제 일가친척 한동네 한 고을 한 나라 더 나아가서 온 세상을 위하여 항상 바른 생각으로 열심히 나아가려는 명학이가 그 후 어떻게 되었는가 하는 이야기는 뒷날로 미루겠습니다.

가엾은 동무 석돌이.

뚱보 명룡이, 눈쟁이 명우를 거느리고 명학이는 얼마나 훌륭한 사람이 되었는지요. 그리고 그리워하던 아버지를 모셔올 때까지의 모든 이야기도 뒷날로 미룹니다.

10장

낙오
......

"나는 간단다."

정희는 이 한마디 말을 내놓으려고 아까부터 기회를 엿보아 왔다.

"응?"

예측한 바와 틀림없이 경순의 커다란 두 눈은 복잡한 표정으로 휘둥그래졌다.

"나는 가게 된단 말이야."

"공연히 그러지?"

경순이는 벌써 정희의 하려는 말을 어렴풋이 알아채었다.

"무엇이 공연히란 말이야, 정말이다."

"미친 계집애."

"정말이다. 보려므나."

정희는 경순의 이마를 꾹 찌르며 얼굴이 빨개가지고 마치 경순이가 못 가게나 하는 듯이 부득부득 간다는 것이 정말이라고 우겨대었다.

"글쎄 정말이면 축하하게. 너는 참 좋겠구나."

"좋기는 무엇이 좋아."

경순이는 미끄럼 타다가 못에 걸린 것 같이 정희의 태도에 저으기 뜨끔 하고 맞이는 것이 있었다.

"이제 와서 날 보고 할말이 없으니까 하는 수작이로구나."

하고 경순이는 정희의 말이 조금 불쾌하였다. 그러나 이미 일이 이렇게 되고 만 이때에 쓸데없는 농담만이라도 할 필요가 없다고 생각하여 그대로 입을 다물어 버렸다.

"얘 좀 보게. 언제까지든지 거짓말만 하는 줄 아니? 오늘은 정말이란다."

"그러기에 축하한다는 것이 아니냐!"

경순이는 웃으며 말대꾸를 하면서도 정희의 독특한 성격을 알고 있느니만큼 조금 불안하기도 하였다.

"금년 안에는 못가겠다고 생각했더니 이즈음 숙자가 간다기에 나도 그만 결심을 했단다."

정희는 기쁜 듯이 밖의 사람들에게 들릴 것도 돌아

보지 않고 떠들었다.

"공연히 시집가는 것이 좋으니까 그러지."

"천만에. 나는 시집은 안 간다. 너도 헛걸음 한 줄 알아라."

경순이는 정희의 말을 귀담아 듣지도 않았다. 정희는 경순이 태도에 성이 났는지 벌떡 일어서서

"그러면 같이 가 보자. 내 말이 거짓말인가. 어서 가. 내게 따라만 와 봐!"

하며 경순의 팔을 잡아끌었다. 아직까지 다 장난이거니 하고 믿은 경순이는 그대로 따라 일어섰다. 부엌에서 편육을 만들고 있던 정희의 어머니한테 물건 사러 나간다는 핑계를 하고 그대로 대문 밖으로 나왔다.

"그런데 내 정말을 할 터이니 놀라지 말어라. 그리고 이 비밀을 폭로 시키는 날이면 너는 죽는 것인 줄 알아라!"

"미친 수작 말아라."

경순이는 정희의 을러대는 꼴이 우스웠다.

"아니, 정말이다. 나는 동경으로 갈 터이다."

"……"

"내일 밤이면 너와도 당분간 못 만나게 된다."

"내일 밤?"

경순이는 어마어마하던 자기의 추측의 딱 들어맞은 것이 소스라치게 놀라워 발길을 탁 멈추었다.

"무엇이 그렇게 놀라워?"

정희는 길가는 사람들이 놀라 돌아볼 만치 커다랗게 사나이 웃음을 웃는 것이었다.

"그것 정말이냐, 내일 밤에?"

"그럼 내일 밤은 왜 못 가는 밤인가."

경순이는 정희의 이 대답을 듣고 다시 걷기 시작하였다. 무슨 일이든지 기발하게 사람을 놀라게 만드는 정희의 성격을 알고 있느니만큼 놀람은 불안으로 변하였다.

"그래 너희 집에서 허락하였니?"

"멍청이야! 어째서 허락을 하겠니. 가만히 도망칠테야."

정희의 말소리는 태연하였다. 그러나 경순이는 몸에 소름이 끼쳤다. 남이야 죽든 살든 자기 고집만 세우면 그만이지! 하는 정희의 성격이 악한이나 만난 것 같이 무시무시하게 느껴졌다.

"그러면 파혼을 했니?"

경순이는 겨우 작은 목소리로 다시 물었다.

"파혼? 내가 언제 약혼을 했었나."

"뭐야?"

꿋꿋하고 훌쩍 큰 정희의 어깨를 힘껏 잡아당겼다.

"무슨 말을 그 따위로 하니? 아무리 농담이라도 분수가 있단다. 너무 그러면 나는 정말 네가 무섭구나."

"무섭거든 달아나려무나."

정희는 어깨를 뿌리치며 볼통하여졌다.

"정희야, 사람이 그래서는 못쓴다. 이렇게 도망을 할 판이었거든 왜 좀 더 전에 하지 못했니. 이렇게 일이 모두 결정된 뒤에 이러면 너의 부모가 어떻게 되느냐."

"어떻게 되든 내가 무슨 관계야. 나는 내 맘대로만 하면 그만이지. 한번 골려 주어야 다시는 이런 함부로의 짓을 하지 않지."

아무리 말해봤자 들을 정희가 아닐 것을 경순이는 잘 알고 있었다. 경순이와 정희는 삼 년 간 A고을 보통학교 교원으로 취직하게 되었으므로 알게 된 동무였다. A고을은 경순에게 있어서는 고향에 가까웠고 정희의 고향인 서울과는 천리의 먼 사이를 둔 곳이니만큼 나이는 비록 정희가 위이나 경순이가 형과 같이 앞을 서는 것이었다. 본래부터 고집이 센 정희는 동료 교원들 사이에서도 그리 화합하지 않고 생도들 사이에도 벌 잘 세우고 잘 때리고 한다고 평판이 좋지 못하였다. 그러나 경순이와는 사이가 좋았다. 한 방에 기숙하고 있는 탓도 있겠지만 정희의 성격을 잘 이해하는 경순이였으므로 아직 한 번도 말다툼을 해 본 적이 없었다.

학교에서도 무엇이든지 저질러 놓으면 뒷감당도 경순이가 제 일같이 처리해 줄 뿐 아니라 학교에서 갔다 나오면 한 페이지라도 책을 읽기를 권하는 것이었다.

"우리는 이대로 월급한 따 먹는 교원이 되어서는 안 된다. 장차 앞날의 사회에 주초가 될 지금의 어린이들을 가르쳐 줄 자격이 없는 우리이다. 우리를 지상의 지자(知者)로 믿고 있는 어린이들을 가르치는 중대한 이 의무를 무책임하게 더럽혀서는 안 된다."

"그뿐 아니라 일개 소학교원으로 만족하지 말자. 사회는 앞으로 나아가고 있다. 한시라도 놀지 말고 읽어두자."

하고 권하는 것이었다. 그러나 정희는 이런 말은 귀 밖으로 들으며 반대도 않고 그렇다고 덥썩

"오냐 그렇게 하자."

고도 하지 않는 것이었다. 이것은 경순의 말이 마음에 못마땅해서 그런 것이 아니라 남의 말에 술술이 따라가는 것을 싫어하는 까닭이었다. 그런고로 자기의 생각

해 낸 일은 아무리 사소한 것이라도 비록 잘못인 줄 알았다 해도 남의 충고는 한사코 듣지 않는 것이었다.

그러나 만 이 년을 채우고 나서는 그 동안 저금한 돈으로 동경으로 공부하러 가자 하는 말에는 쾌히 대답은 하지 않아도 마음속으로는 '그러리라'고 결심하고 있는 모양이었다. 그러므로 경순이는 손꼽아 만 두 해만 되어 주기를 고대하는 것이었다. 그랬더니 기다리는 두 해가 거의 되어 오던 어느 날 정희는 학교에서 먼저 돌아와 짐을 꾸리고 있었다. 그는 그날 학교에서 나오며 사직원을 제출한 것이었다. 무슨 영문인지 모르고 애타하는 경순이를 뿌리치고 그 날 밤에 부랴 부랴 고향인 서울로 가 버린 것이었다.

학교 교장도 그 이튿날 아침에 비로소 사직원서를 보게 된 까닭에 사직 하는 이유를 들어볼 여가도 없었다. 경순이도 교장의 물음에 대답할 말이 없었으므로 정희의 태도를 괘씸하게 생각지 않을 수가 없었던 것이다.

"아마도 시집을 가는 모양입니다."

하고 돌발적인 정희의 태도의 결론을 지은 것이었다. 그러나 결혼한다는 소식은 좀처럼 들리지 않았다.

"남에게 따르는 것을 싫어하는 성질이라 나하고 같

이 그만두느니보다 나보다 먼저 그만두어서 나중에 나를 저의 뒤를 따르게 하려는 생각이로구나."

하고 경순이는 '지금까지 둘이서 약속하고 고대하여 오던 두 해를 불과 한 달 남짓하면 이행할 것을 그렇게 아무도 모르게 근 이 년이나 정들인 학교와 동무를 몇 시간 사이에 집어던지고 가버리다니……. 그뿐이냐. 학기 말 시험으로 한창 바쁠 때요 더구나 일 년 동안 담임하여 온 생도들을 진급도 시켜주지 않고 단지 동무와 같이 사직하지 않으려는 자기의 지지 않으려는 성격을 억제 못하여 이 따위 행동을 하다니……'하는 생각을 하면 경순이는 자기와의 우정은 별 문제로 하고도 몹시 괘씸하였다.

그러나 경순이는 만 이 년이 꽉 찬 신학기가 왔어도 사직하지 못하였다. 그것은 늙은 부모와 직업이 없는 자기 오빠 부부의 형편이 당장에 교편을 집어던지지 못하게 하는 것이었다.

그는 하는 수 없이 또 한 해만을 연기하지 않을 수 없었다. 그의 오빠가 취직하게 되면 일 년 이내에라도 그만두기로 결심하였던 것이다.

정희에게 자기의 사정을 편지하며 몇 번이나 편지에 쓴 말이면서도 그때까지 분명히는 모르는 정희의 사직

이유를 묻는 것이었다. 그랬더니

"너는 마음이 약하다. 부모가 무엇이냐. 왜 용감하게 그만두지 못하느냐. 나는 곧 동경으로 가려 한다."

는 편지가 왔다. 그러나 그 후 반년이 지난 며칠 전까지도 동경 간다는 소식은 없었다.

"아마도 경제가 허락 않나 보다. 만일 이러다가 내가 먼저 동경으로 가게 되면 얼마나 답답해할까."

하는 생각으로 남보다 먼저 하려고만 애를 쓰는 그에게 오히려 동경하고 싶기까지 하였다. 그러는 중에

"오는 십일 월 십삼 일은 정희의 결혼날이다."

라는 청첩 한 장이 학교 직원 일동에게로 왔다. 경순이는 일변 놀라면서도 차라리 잘되었다고 생각하였다. 정희는 자기를 무시하는 것 같다 하더라도 그의 진정으로는 자기를 유일한 동무로 여기고 있으리라고 생각 되었으므로 학교에 일주일 휴가를 얻어가지고 결혼식일을 나흘 앞두고 상경하였던 것이다. 결혼 준비를 거들기도 할 겸 처녀로서의 동무와 오래 이야기도 해 볼겸 미리 상경한 것이었다.

그러나 정희의 집에 들어서자 정희는 생각보다 냉정하였다. 정희의 어머니는 몹시 반가워하며 멀리서 학교

를 쉬어가며까지 와 주는 정희를 치하하는 것이었다.

"축하한다. 얼마나 좋은 사람이냐?"

하고 먼저 정희의 손을 잡았다.

"몰라. 왜 왔니?"

정희는 웃지도 않고 무표정하였다. 자기의 결혼 청첩을 받고 천리의 먼 길도 불구하고 달려온 그에게 하는 첫 말로는 너무나 냉정한 것이었다. 그러나 경순이는

"성격도 못났다."

고 생각하면 조금도 정희의 태도를 괘씸하게 여기지 않았다.

'시집가는 것이 부끄러워 그러는 것이겠지. 동경에를 가지 못하는 것을 아직 분하게 생각하는 모양이다'하고 조금도 가슴에 끼지 않았다.

"그리지 말아. 나는 네 결혼식 구경을 왔단다."

하며 트렁크 속에서 준비하여 온 기념품인 탁상시계를 내어 놓았다.

"이것이 뭐야, 쓸데없이."

정희는 들어보지도 않고 도로 경순이에게 밀어 주었다.

"애야, 내 처지에 좋은 것을 살 수 있니. 이것이라도

내 맘에서 보내는 선물이다."

정희는 교원 노릇할 때 서로 함부로 쓰던 말을 하는 것이었다. 경순이는 그 말이 반가웠다.

그 날 밤은 정답게 새웠다. 신랑은 스무 살이요, 부자의 아들인데 아직 중학교에 다닌다는 것만은 정희의 어머니에게 들었으나 정희에게 결혼에 대한 말은 한 마디도 듣지 못하였다.

"아마 아직 중학생이라니까 정희 자신은 별로 반갑지 않은 모양이로구나."

하는 생각으로 구태여 정희에게 여러 말 묻지를 않았다. 그랬더니 갑자기 오늘 결혼 전날인 내일 밤에 동경으로 도망을 하려는 말을 듣게 된 것이라 경순이는 놀라고 불안하지 않을 수 없었다.

"어디를 자꾸 가니?"

S동 골목쟁이로 휘어들자 입을 떼었다.

"잔말 말고 따라와 보라는데 그래."

정희는 한 집으로 들어갔다.

"숙자 있수?"

방 안에서 숙자인 듯한 정희 동갑의 여인이 뛰어 나오며

"어서 오!"

하며 경순이를 바라보는 것이었다. 정희는 숙자라는 그 집 주인과 장난 말을 해 가며 방안으로 들어갔다.

"이것 좀 보아. 내 말이 거짓말인가!"

경순이는 방에 들어가려다가 문턱에 주춤하고 서서 방 안을 살폈다.

찬란한 무늬를 놓은 메린쓰 이불(夜具), 트렁크, 벽에는 드레스, 오 - 바, 모자 등이 우수수 걸려 있어 마치 그 방 안에만 봄바람이 불어 닥친 것 같았다.

정희는 벽에 걸린 드레스를 벗겨 들고 지금까지 한번도 보이지 않던 젖가슴을 드러내고

"한번 입을테니 스타일이 어떤가 보아."

하며 설빔을 입는 어린이같이 명랑하게 웃었다. 경순이는 동무의 그 모양이

"아직 철이 없다."

고 여겨지므로 같이 웃어 버렸다.

"너 참 대담하구나. 그러면 정말이로구나."

"그럼 그까짓 것, 나는 한번 한다면 기어이 해. 실행하고야 만단다. 너처럼 고리탐식하게 교원 노릇만 하다가 갯놈 같은 남자에게 시집가서 그냥 늙어 죽을 줄 아니."

정희는 개선장군같이 드레스를 꿰어 입고 턱 버티고 섰다.

"어떠냐! 그만 너도 나하고 같이 도망치자꾸나."

"……"

경순이는 입이 떨어지지 않았다. 정희는 모자도 써 보고 외투도 입어보고 난 다음에 이불을 꾸리고 숙자에게 내일 밤에 다시 오겠다고 약속 한 후 그 집을 나섰다.

경순이는 더 말해 보았자 소용없음을 느꼈다. 그러나 아무 것도 모르고 결혼 준비에 급급한 그의 가정을 생각할 때 가만히 있을 수가 없었다. 될 수 있는 데까지 자기의 힘으로 어떻게 해 보려고 생각하였다.

"동경에 가자고 한 것은 나도 너와 약속한 일이니까 더 말할 필요 없지만 장차 어떻게 할 계획이냐. 학비는 어떡하니."

"그런 것이 다 - 걱정이냐. 동경에 가 보아야 알지. 돈이 없으면 어디 너더러 학비 달랄까봐 그러니?"

정희는 잡았던 경순의 손을 내어 던지듯이 놓으며 입을 삐죽하였다.

"너는 생각이 그밖에 들지 않니? 물론 장난의 말이겠지마는 나는 무척 섭섭하다."

경순이는 자기에게 대한 정희의 태도도 괘씸하거니와 자기 가정을 너무나 돌아보지 않는 대담한 행동이 미워졌다.

"결혼한 담에 차차 기회를 얻어서 공부하면 어떠냐. 너도 벌써 스무 살이 넘었으니 말이다."

"그러면 너는 너보다 나이도 적은 남자에게 시집을 가겠니?"

정희는 그제야 그 결혼에 반대하는 이유를 말한 것이었다.

"그러면 왜 처음부터 그러지 않았니."

"암만 그래도 듣지 않으니까 할 수 없이 가만히 있었지."

"그래도!"

"아냐. 이해 없는 인간들은 이렇게 골려 주어야 한단다."

경순이는 입을 닫았다. 어떻게 말을 붙여 볼 나위가 없었던 것이다.

그 이튿날 저녁이었다. 저녁을 마치고 나서 혼인 준비로 모인 친척들이 욱덕이며 신랑의 칭찬을 한다. 신식 결혼식은 어떻다는 둥 하고 안방이 터질 것 같게 사람이 모여 앉아 있고 건너방에는 신랑집에서 보낸 물건을 구경 하느라고 젊은 여인들이 둘러 앉아 있었다. 삼층장, 옷걸이, 이불장 등에 꽉 찬 비단옷을 일일이 들추어 구경을 하는 것이었다.

"신랑이 외동 아드님이라나요. 그래서 이렇게 혼수도 장하답니다. 새 아씨는 트레머리 하는 까닭에 비녀는 그만두라고 했지만 요사이같이 금비녀 값이 비싼데도 금반지하고 금비녀, 금시계를 다 - 했답니다."

하고 친척으로 정희의 형 되는 젊은 여인이 제 것 같이 자랑을 하는 것 이었다. 정희는 오늘밤에 도망을 하려는 사람 같지 않게 천연스럽게 앉아서 남의 일을 구경하듯이 웃고 있는 것이었다.

그 이튿날 아침 오전 열한 시, 하려는 결혼식장인 예배당에는 벌써 각색 물감 테이프 만국기 등으로 장식되어 있었는데 신부인 정희의 그림자는 사라지고 말았다.

아래위로 뒤끓으며 온 집안이 발칵 뒤집혀 신부를 찾고 헤매었으니 정각 열한 시는 사정없이 당하고 말았다.

신랑은 모 - 닝을 입고 들러리들과 많은 참례 손님들과 함께 무료하게 기다린 지 한 시간이 넘어 지나도 신부 집에서는 개미 한 마리도 얼굴을 보이지 않았다.

"나는 시집 안 갈거에요. 그리만 아세요."

하고 늘 말하기는 하였으나 '시집가는 처녀의 의례히 하는 공통한 버릇에 불과하느니……'하고만 여겨 온 정희의 부모는 외면의 수치보다도 아무리 생각하여도 이해 못 할 사실이라고 어리둥절하여 어떻게 할 줄을 몰라 했다.

경순이는 이미 일주일 휴가를 얻은 터이라 하루를 숙소에서 쉰 후 학교에 출근하였다. 직원실에 들어서자 동료 교원들은 경순에게 몰려오며 신문지를 치켜들고 법석을 했다.

"벌써 신문에까지 났나 보다!"

결혼식에 갔다 온 이야기를 무엇이라고 꾸며댈까 하고 생각하던 터이라 갑자기 대답할 말이 나오지 않았다.

"아마도 연인이 있었던 거야"

"연애꾼 없이 갑자기 그렇게 도망할 리가 있나."

제각기 제가 젠 척 하기 쉬운 추측을 사실같이 떠들고 있는 것이었다.

"알지도 못하고 떠들지 마세요. 정희는 참으로 용감한 여자라오. 꼭 연애 하는 사람이 있어야만 부모가 함부로 정한 결혼에 반대하는 것일까요. 남의 불행한 일이라면 거지가 떡이나 본 것 같이 떠들면서 조금도 그 사실을 이해하려고 하지 않는 당신들과는 인간이 다르답니다. 앞으로 나아가려는 열정과 용기가 눈 앞의 안일에 만족하는 당신들이나 나와 같은 무리들과는 레벨이 틀립니다."

경순이는 몹시 흥분하여지며 소리를 높여 한숨에 뱉어 던졌다.

"과연 그렇다. 정희와 같이 의지가 굳어야 한다. 인간사회에서는 무엇이든지 희생이 없고는 살아갈 수가 없는 것이다. 작으나 크나 남의 희생 없고는 못 사는 것이다."

하고 입 속에서 한탄하듯 속삭였다. 처음은 정희의 태도를 비난도 하였으나 지금 자기는 '여전히 가슴에 불평을 가득 품고도 큰 소리 한번 못하고 순순히 향상 없는 생활을 계속하는 핏기 없는 인간이다'라고 느끼는 동시에 정희의 그림자는 훨씬 멀리 자기의 앞을 걸어가고 있는 것을 느꼈다.

함께 읽으면 좋은 **다온길의 책**

메밀꽃 필 무렵
사실주의와 낭만주의가 혼합된 독특한 문체로, 서정적이면서도 섬세한 인간 심리의 묘사가 특징적이다.

이효석 지음_ 180쪽_ 13,000원

날개
그의 소설들은 현실과 비현실의 경계를 허물며, 초현실적이고 환상적인 세계를 보여주며, 비논리적이고 모호한 요소들이 많이 등장한다.

이상 지음_ 180쪽_ 13,000원

운수 좋은 날
그의 소설들은 사회적 부조리와 인간의 고통을 직시하는 요소들이 많이 등장하고, 현실주의 문학의 새로운 지평을 열었다고 평가받고 있다.

현진건 지음_ 180쪽_ 13,000원

감자
그의 소설들은 한국 근대문학의 성격을 현대문학으로 전환시키는 데 기여하였으며 그의 작품은 사실주의 문학의 새로운 지평을 열었다고 평가받고 있다.

김동인 지음_ 180쪽_ 13,000원

벙어리 삼룡이
그의 소설들은 일제강점기 시대 사회적 억압 속에서 살아가는 인물들의 삶을 섬세하게 그려내며, 당대의 부조리를 직시하고 고찰하는 새로운 접근 방식을 제시한다.

나도향 지음_ 180쪽_ 13,000원